Walter Wemmer

Kackeriki
Der Wahnsinn ruft!

Satirische Geschichten

@ Walter Wemmer 2018

Cover: RK-Design, Lieboch

Herstellung und Verlag:
BoD – Books on Demand,
Norderstedt

ISBN 9 783752 879711

Vorwort:

Kackeriki, der Wahnsinn ruft!

Ich bin dem Ruf des Wahnsinns gefolgt und habe festgestellt: Er ist mitten unter uns!

Auch Sie begegnen dem Wahnsinn jeden Tag, ob Sie wollen oder nicht, ob es Ihnen gefällt oder nicht.

Auf der Straße, am Arbeitsplatz, in der Freizeit, in der Familie, im Urlaub. Überall.

In allen Facetten: Mal skurril, mal überraschend, mal bedenklich, mal gefährlich, mal unglaublich, mal ganz normal.

Was können Sie gegen den Wahnsinn tun?

Am besten schauen Sie ihm ins Auge.

Ganz tief.

So tief, wie ich es in den folgenden Geschichten getan habe....und lachen Sie darüber, denn entkommen können Sie ihm ohnehin nicht.

Lachen ist das einzige, was gegen den täglichen Wahnsinn hilft.

Lachen ist rezeptfrei und immer und überall anwendbar.

Und wenn es Ihnen dennoch mal zu viel wird, dann schreien Sie einfach laut & herzhaft: **KACKERIKI!**

Halali, Halalo, Halatot.

Immer wieder liest man es in den Zeitungen: „Jäger erschießt harmlosen Hund am Waldrand", „Katze von Jäger erschossen", „Jäger erlegt Hund mitten im Ortsgebiet" und dergleichen.

Ich frage mich: Wie ist das möglich, wo doch die Jäger (nach eigenen Angaben) eine so ehrenwerte, wald-und wildhegende, ganz und gar nicht schießgeile Gemeinschaft sind, die für Natur & Tier nur das Beste wollen?

Wie kann es dann dazu kommen, dass immer wieder harmlos herumstreunende Hunde und Katzen abgeknallt werden?

Ich denke, ich kenne den Grund:

Wenn man im Morgengrauen oder in der Abenddämmerung länger auf dem Hochsitz verweilt, dann wird einem kalt und wenn einem Jäger kalt wird, dann ruft der Jäger seinen Meister, den „Jägermeister".

Und der „Jägermeister" kommt.

Direkt aus der Flasche in die Venen....und mit ausreichend wärmendem „Jägermeister" in den Venen kann schon mal ein Pudel zu einem Zwölfender werden - und puff - schon liegt er flach.

Gut, die Farbe eines Pudels weicht schon stark von der Färbung eines Hirsches ab, aber im Morgengrauen oder in der Abenddämmerung?

Da kann sich im jägermeistergetrübten Auge schon mal die Farbempfindung verändern.

Aber die Größendifferenz!

Okay, ein Pudel hat wesentlich kürzere Beine als ein Hirsch, aber vielleicht ist der Hirsch auch tiefer gelegt?

Gibt es ja bei Autos auch. Und ein geschultes Jägermeisterauge kann man nicht täuschen.

Das erkennt einen tiefergelegten Hirsch schon von weitem.

Aber ein Pudel hat doch kein Geweih!

Der Jäger schwört, der Hirsch hat sich beim Anblick des Gewehres so erschreckt, dass ihm sein Geweih abgefallen ist.

Und wenn man all diese Argumente berücksichtigt, kann man schon mal einen Pudel oder eine Perserkatze mit einem Hirsch verwechseln.

Vor allem Golden Retriever, die bekannterweise mit einem prächtigen Geweih protzen, kann man leicht mit Wild verwechseln und sind daher besonders bedroht.

Aber man soll die braven Jäger nicht vorverurteilen!

Jeder Mensch macht mal Fehler.

Für die Hunde und Katzen sind die Fehler der Jäger zwar tödlich, aber es tut den Jägern auch immer leid.

Dennoch versuchen sie es immer wieder. Vielleicht ist der Pudel eines Tages doch ein Zwölfender.

Für mich hat es eher den Anschein (ich sage „es hat für mich den Anschein" und behaupte nicht, dass es tatsächlich so ist, denn ich bin sehr oft im Wald unterwegs und möchte überleben), dass es unter der Jägerschaft mehr Bedenkliche gibt, als den Hunden und Katzen gut tut.

Was die Jägerschaft natürlich vehement bestreitet.

So lese ich z.B. in einer Zeitschrift: „Jäger sind keine schießwütigen Rowdies, im Gegenteil, dem Großteil der Jagdberechtigten geht es um das Erlebnis in der Natur."

Zumindest gibt die Jägerschaft mit dieser Formulierung schon einmal zu, dass es nicht allen um die Natur geht, denn ein „Großteil" sind nicht alle.

Frage: Wenn es dem „Großteil" um das Erlebnis in der Natur geht, weshalb gehen die dann nicht zum Alpenverein oder zu den Naturfreunden und erfreuen sich an lebenden Tieren?

Weshalb werden sie dann ausgerechnet Jäger?

Es muss also doch einen Unterschied zwischen Alpenvereinsmitglied, Naturfreund und Jäger geben.

Dieser Unterschied ist, meine ich, genauso groß wie eine Jagdflinte lang ist.

Denn genau dieses Ding macht den Unterschied.

Der Unterschied ist, ganz legal auf Tiere ballern zu dürfen, ohne dafür bestraft zu werden.

Als Jäger darf man endlich sein „Killer-Ich" ausleben und Herrgott spielen.

Du wirst erschossen, du darfst weiterlaufen.

Laut Internet werden in Österreich pro Jahr rund 720.000 Wildtiere erlegt (angeblich irrtümlich abgeknallte Hunde und Hauskatzen nicht mitgerechnet).

Als Hauptgrund für diesen tierischen Massenmord in unseren Wäldern gibt die Jägerschaft an, damit die „Überpopulation" einzelner Wildtiere zu verhindern.

Die Überpopulation ist allerdings bei den Jägern selbst mit rund 125.000 in Österreich auch nicht gerade ohne.

Werden deshalb Jäger bald Jäger jagen?

Als weitere Gründe werden „Landschaftserhaltung nach wild-ökologischen Grundsätzen" und weitere, schöngefärbte Phrasen genannt.

Die vielbejubelten Trophäen, die jeder einzelne Jäger stolz nach Hause trägt, spielen natürlich überhaupt keine Rolle.

Die Geweihe sowie die ausgestopften Schädel und Kadaver sind natürlich ganz von selbst an die Wand gehüpft und überpopularisieren dort.

Und dass Tierabschüsse um sehr viel Geld an reiche

Schnösel, Industrielle, Geschäftsleute und andere Hobbykiller verkauft werden, ist natürlich auch nur „Landschaftserhaltung nach wild-ökologischen Grundsätzen".

So ist das „Jägerlatein" entstanden.

Um die Aussagen der Jäger zu glauben, brauche ich zuerst auch einmal einige dutzend Fläschchen „Jägermeister".

Womit wir wieder beim Thema wären.

Wenn Sie nicht glauben, dass der „Jägermeister" in der Jägerschaft fest verankert ist, dann trete ich hier und jetzt den Beweis an.

In Österreich gibt es in jedem Bundesland einen obersten Jäger.

Und dieser oberste Jäger trägt hochoffiziell und amtlich den Titel „Landes**jägermeister**".

Der „Jägermeister" ist also schon im Berufstitel fest verankert.

Der „Landesjägermeister" ist der oberste „Jägermeister" im Lande.

Noch Fragen?

Nachdem es vielleicht auch Jäger gibt, die mein Buch lesen, habe ich für meine Waldspaziergänge Vorsichtsmaßnahmen getroffen.

Ich gehe nur mit angeleintem Hund in den Wald.

Das wird vielleicht meinem Hund nicht das Leben sichern, denn mein Hund ist braun wie ein Reh, mein Hund ist flink wie ein Reh und ist somit eine wahre Versuchung für jeden Jäger.

Dass mein Hund bellt und somit kein Reh sein kann, wird den Jäger nicht stören, sondern er wird meinen Hund einfach für ein gebildetes Reh mit Fremdsprachenkenntnissen halten.

Aber mein Leben dürfte zumindest gesichert sein.

Auf mich dürfte der Jäger nicht schießen, denn ich bin ja an der Leine, oder?

An der Leine am toten Hund.

Um meine geschätzten Leserinnen und Leser auch vor irrtumsanfälligen Jägern zu schützen, habe ich hier ein paar wichtige Verhaltensmaßregeln zusammengestellt und bitte dringend, diese zu beachten.

Wenn Sie sich im sichtbaren Schwangerschaftszustand befinden, meiden Sie bitte unter allen Umständen den Wald und meiden Sie auch den Waldesrand!

Auf Grund ihrer veränderten Figur könnte Sie der eine oder andere Jäger für einen Problembären halten und Sie ohne zu Zucken abknallen, weil sie sich in Richtung der Wohnsiedlung bewegt haben.

Das selbe gilt auch, wenn Sie stark übergewichtig sind.

Woher soll der Jäger auch wissen, dass der von ihm deutlich erkannte Problembär in dieser Siedlung eine Eigentumswohnung besitzt und auf dem Weg nach Hause war.

Für den Jäger war eindeutig Gefahr im Verzug!

Wenn Sie im Wald ein dringendes, großes Bedürfnis verspüren, hocken Sie sich bitte ja nicht hinter einen Busch, um ihr Geschäft zu verrichten!

Für die Jäger werden Sie in dieser Stellung ganz deutlich zu einem Feldhasen.

Gebeugte Knie, Fellansatz, gestresste Gesichtszüge, keuchende Laute....ganz eindeutig Feldhase!

Und schon sind Sie erschossen und liegen mit nacktem Arsch im Ameisenhaufen, der Sie aber nicht mehr stört.

Wenn Sie daher im Wald ein dringendes, großes Bedürfnis verspüren, geben Sie sich dennoch als Mensch zu erkennen.

Kacken Sie ausschließlich aufrecht im Stehen!

Auch wenn neben dem Wald die Straße vorbeiführt und Ihnen Ihre Nachbarn im Vorbeifahren ganz freundlich zuwinken.

Außerdem verschmutzt das Gackserl auch die Umwelt nicht so stark, weil das meiste in der heruntergezogenen Hose landet.

Aber lieber eine angeschissene Hose, als erschossen im Ameisenhaufen zu liegen.

Genau genommen ist es ohnehin am sichersten, wenn Sie einfach gleich im Gehen in die Hose machen.

Das ist zwar nicht sonderlich angenehm, aber das wird Ihnen Ihr Leben wohl wert sein.

Vergessen Sie dabei aber bitte nicht, ständig in den Wald zu den Jägern hineinzurufen „Bitte nicht schießen. Ich stinke zwar wie ein Wildschwein, bin aber ein Mensch."

Dann sind Sie auf der sicheren Seite.

Zwar alleine, weil jeder Ihre Nähe meidet, aber immerhin:

Sie haben Ihren Waldspaziergang überlebt!!!!

Bei dir piept es wohl!

Ja und wie! Aber erst seit ich mein neues Auto habe.

Ein neues Auto mit dem modernsten Drum und Dran, das es gibt.

Inklusive Pieps-Orgie beim geringsten Anlass(en).

Einsteigen und Türe nicht gleich zu - pieps, pieps!

Starten - pieps! Die Außentemperatur wird angezeigt.

Losfahren - pieps! Die nächste Servicefälligkeit wird angezeigt.

Nicht angegurtet - pieps, pieps, pieps....

Rückwärtsfahren - pieps, pieps, pieps....

Spurwechsel - pieps, pieps....

In meinem neuen Auto komme ich mir nicht mehr vor wie ein Autofahrer, sondern eher wie ein Vogel im Nest.

Rundum piept es und piept es und piept es.

Wenn mir jetzt ein anderer Autofahrer den Vogel zeigt, dann beziehe ich das nicht mehr auf mich, sondern auf mein Auto.

Und dann hat er ja auch recht.

Die Piepserei ist aber noch lange nicht alles, was mein Auto der neuesten Generation zu bieten hat.

Das absolute Highlight ist mein Bordcomputer.

Der weiß alles.

Wie weit komme ich noch mit meinem Sprit?

Der Bordcomputer weiß es.

Wie steht es um meinen Reifendruck?

Der Bordcomputer weiß es.

Funktionieren alle Lichter rund ums Auto?

Der Bordcomputer weiß es.

In allen Sprachen. Auf Englisch. Auf Italienisch. Auf Französisch. Auf Chinesisch. Auf Arabisch. Sogar in kyrillischen Schriftzeichen.

Mein Bordcomputer weiß mehr als jede Hausmeisterin, das heißt was.

Ein Navi ist natürlich auch eingebaut. Hat schon super funktioniert.

Meine Schwiegermutter war auf Kur in einem zugegeben etwas abgelegenen Kurhaus.

Mit dem Navi kein Problem. Ich gab die Adresse ein und fuhr los.

Nach fast 2 Stunden Fahrzeit über Berg, Wald, Stock und Stein verkündete mein Navi stolz: „Sie haben Ihr Ziel erreicht!"

Ich blickte rundum aus den Autofenstern.

Links Tannenwald. Vorne ein kleiner Asphaltstreifen durch den Tannenwald. Rechts Tannenwald. Hinten ein kleiner Asphaltstreifen durch den Tannenwald.

Und hier im Tannenwald soll also meine Schwiegermutter auf Erholung sein?

Gehen die einschneidenden Sparmaßnahmen der Krankenanstalten jetzt schon so weit, dass man die Kurbedürftigen einfach im Wald aussetzt?

„Sie haben Ihr Ziel erreicht" gilt in diesem Fall offenbar nur für die Krankenkasse.

Wo ist meine Schwiegermutter?

Ich suchte und suchte, fand aber nur Tannenzapfen und Schwammerl, keine Schwiegermutter.

Nach 30 Minuten Suchen erblickte ich durch den dichten Tannenwald einen Farbflecken – das Kurhaus!

Mein supermodernes Navi hatte mich um 2 Kurven zu früh abgewunken.

Als ich beim Kurhaus eintraf, saß mein Schwager, der in seinem uralten Auto ohne Bordcomputer und Navi 30 Minuten nach mir losgefahren war, bereits gemütlich im Kurcafe.

„Wie hast Du das geschafft" frage ich ihn.

„Durch selber denken" war seine Antwort.

Der kürzeste Weg meines Navis war offensichtlich nicht der schnellste, zumal es mich 2 Kurven zu früh mein Ziel „erreichen" ließ.

Dafür kann mein Schwager ohne Bordcomputer aber keine Apps nützen.

Wichtige Apps. Ganz wichtige Apps.

Mein Bordcomputer zeigt mir während des Fahrens immer die Restaurants an, die jeweils in meiner Nähe liegen.

Dazu noch alle Tankstellen, alle Sehenswürdigkeiten, alle Einkaufsmöglichkeiten, alle Kirchen, alle Nachtclubs und dergleichen mehr.

Eine weitere App ermöglicht es meiner Community bei Facebook live mitzuverfolgen, wo ich mich gerade befinde.

Das ist heutzutage ganz wichtig, denn dann weiß jeder, wo der Andere ist und wer am Abend am weitesten weg war, der hat gewonnen. Oder so ähnlich.

Was soll das ständige „Schau, ich bin hier" auf Facebook sonst für einen Sinn haben?

Eine weitere App verständigt bei einer Panne sofort die nächste Werkstatt, die mich dann abholt.

Und der Überdrüber-Hammer ist die „Frontal-Crash-App" meines Bordcomputers.

Wenn ich einen Frontal-Crash erleide und mich anschließend 3 Minuten nicht mehr bewege, beginnt diese App sofort alles Notwendige zu veranlassen...vollautomatisch und umfassend.

Es verständigt sofort meine Familie, dass man mit dem Essen nicht zu warten braucht.

Es verständigt meine Bank, dass keine weiteren Raten für mein Auto mehr einlangen werden.

Es verständigt die Bestattungsfirma, wo ich abzuholen bin und weiß durch meine vorherige App-Programmierung genau, welchen Sarg ich mir wünsche: Nuß, Mahagoni, Eiche oder Fichte.

Die App stellt sofort einen Nachruf auf mich auf Facebook, Twitter & Co und komplettiert den Nachruf dank der eingebauten Bordkamera gleich mit Unfallfotos. ....sozusagen die letzten Selfies von mir.

Die App verbindet außerdem den hinterbliebenen Partner automatisch mit Parship, die sofort unverbindliche Vorschläge für einen neuen Partner unterbreiten und verbindet die hinterbliebenen Kinder mit booking.com und berechnet dabei genau, wie lange man mit der Erbschaft Urlaub machen kann.

Zusätzlich wird von der App das Blumenbukett für die Beerdigung geordert, nachdem man zu Lebzeiten seine Lieblingsblumen eingegeben hat.

Meine Kartenrunde bekommt von der App Vorschläge über Ersatzspieler und das gebuchte Zimmer der nächsten Geschäftsreise wird inklusive Girls automatisch abbestellt.

Meine Nachbarn bekommen vom Bordcomputer eine SMS, dass der Querulant, der sich immer über die laute Musik beschwert, sich jetzt nicht mehr beschweren kann und liefert den Nachbarn sofort ein Verzeichnis der aktuellen Hits in den Charts, die sie nun unbeschwert viel zu laut abspielen können.

Weiters stellt die Frontal-Crash-App sofort meine Dauer-karte des Fußballvereines zum Verkauf auf ebay und verständigt die ungarischen Müllsammler, die anschlie-ßend unverzüglich das Gerümpel in meiner Garage ausräumen.

Der von der App verständigte Flohmarkthändler meines Vertrauens kommt umgehend vorbei, um meinen Klei-derschrank auszuräumen und meine Kleidung zu ver-äußern. Der Reinerlös kommt dem App-Anbieter zugute.

Und zu guter Letzt bestellt die App den von mir gewün-schten Leichenschmaus für alle Gäste meiner Beerdi-gung: Jeder erhält eine Wurstsemmel ohne Wurst, denn ich möchte schließlich unvergessen bleiben....und wenn es nur durch eine schlechte Nachrede ist.

Also: Genießen Sie das moderne Autofahren mit all sei-nen Apps und all seinem Gepiepse, denn angeblich hat ja jeder Mensch seinen Vogel, wieso sollen die Autos dann keinen haben dürfen.

Pieps, pieps, pieps......

Und so kommt es, das heutzutage die meisten Autos intelligenter sind als ihre Besitzer.

Die modernen Autos piepsen beim Spurwechsel, ihre Fahrer blinken nicht einmal.

Die modernen Autos piepsen beim Einparken, ihre Fahrer können nicht einmal einparken.

Die modernen Autos sperren sich von selbst ab, auch wenn der Fahrer draußen ist und der Schlüssel innen steckt.

Letzteres ist mir selbst passiert.

Mit einem ganz modernen Auto, das ich bald darauf gegen ein nicht so modernes eingetauscht habe.

Ich habe genug von „pieps, pieps, pieps"....und wenn ich mal das Bedürfnis nach Gepiepse haben sollte, dann kaufe ich mir einfach einen guten, alten Kanarienvogel.

Pieps!

Und aus!

Wir sind dann mal weg!

Egal, mit wem man wo zusammentrifft, es scheint nur mehr einen einzigen Lebenszweck zu geben: „Irgendwo gewesen zu sein bzw. irgendwo hinzufahren".

Ich treffe einen Freund auf der Strasse. Sofort nach der Begrüßung erfahre ich, dass er soeben vom Urlaub von den Malediven gekommen ist und im Herbst nach Südtirol fährt.

Egal, ob es mich interessiert oder nicht. Mich hätte es zum Beispiel viel mehr interessiert, ob er schon wieder einen Job hat oder nicht.

Aber anscheinend kann man sich auch mit Arbeitslosengeld oder Grundsicherung einiges leisten.

Im Gasthaus angekommen, wo ich mich mit ehemaligen Sportkollegen zum Essen treffe, geht es munter weiter. Nach einem leisen Servus erfahre ich sofort, wer vor kurzem welche Reise getan hat.

Nach Nennung der Reiseziele erfolgt sofort das obligate Schwärmen, wie einzigartig schön es dort war.

Auch wenn der-oder diejenige ein Hotel neben der Baustelle erwischt hat und dank Milben und Wanzen auf der Matratze seine Nächte nie allein verbringen musste, in der Berichterstattung war es „einzigartig schön".

Die Urlaubsfotos werden umgehend auf Facebook gepostet und immer steht der Reisende im Vordergrund, dabei würde mich das Bauwerk im Hintergrund weit mehr interessieren.

Oft steht dann unter dem Foto der Text: "Ich komme wieder" oder so ähnlich.

Diese Drohung müssen die betreffenden Urlaubsorte dann erst einmal verkraften, aber sie haben genügend Zeit, um Vorkehrungen zu treffen.

Vielleicht bleiben von der Trump-Mauer an der Grenze zu Mexiko ein paar Kilometer übrig, die diese Urlaubsorte dann zum Eigenschutz aufstellen können.

"Traumhaft schön", beteuerte mir mein Bekannter Christian, war auch seine Woche in der Dominikanischen Republik, die er soeben mit seiner Frau verlebt hat.

Was er nicht wußte: Ich hatte kurz zuvor seine Frau getroffen, die mir (in ihrer ganzen Ehrlichkeit) mitgeteilt hatte, dass Christian gleich nach der Ankunft in der Dominikanischen Republik ein Eis zu sich nahm, daraufhin heftigen Durchfall bekam und die ganze Woche marod am Strand oder im Hotelzimmer gelegen ist (mit oder ohne Milben und Wanzen ist mir leider nicht bekannt).

Aber nach seiner Schilderung war es „traumhaft schön".

Na gut, wenn eine Woche Dünnschiss unter Palmen traumhaft schön ist, dann soll es so sein.

Und so erfährt man von jedem Freund, jedem Bekannten und jedem Verwandten, wo er soeben gewesen ist und wie wunderschön es war....und jeder lächelt stolz, als wäre seine Reise eine absolut einzigartige, hochexklusive Superreise gewesen, die nur er sich leisten konnte.

Und der Wahn, immer irgendwo gewesen sein zu müssen,

wird immer skuriller.

Wenn junge Leute viel reisen und sich die Welt ansehen, ist das ja noch normal und okay.....aber der Reisezwang holt auch noch Scheintote ins Gate am Flughafen.

80-jährige mit künstlicher Hüfte, drei überstandenen Herzinfarkten und zwei überlebten Schlaganfällen müssen plötzlich nach Australien, um Nachbarn und Freunden zu zeigen, was sie noch alles schaffen.

Sie fürchten weder Flug noch Thrombosen, nur weil man heutzutage immer irgendwo hin muß.

In Australien erfahren sie dann, dass es sogar in städtischen Parks Giftschlangen gibt, sperren sich dann vor Angst im Hotelzimmer ein („All inclusive" versteht sich) und erleben dann nach 14 Tagen das berühmte australische „Outback".

„Out" vom Hotelzimmer und „back" in die Heimat, wo sie wieder im stundenlangen Heimflug den Thrombosen trotzen, um dann zuhause stolz erzählen zu können: „Also, Australien war traumhaft schön!!"

„In" ist, wer „wohin" ist....und selbst bei wildfremden Menschen wird man mit dem Reisewahn zwangsbeglückt.

Letztens stand ich in der Garderobe des Fitnessstudios und zog mich gerade um, als ein Mann ebenfalls in die Garderobe kam und mich mit folgenden Worten begrüßte: „Servus. Ich freue mich schon so, denn ich fahre über Weihnachten nach Kitzbühel!"

Erstens: Ich sah den Mann zum ersten Mal.

Zweitens: Mir ist es völlig wurscht, wo der zu Weihnachten hinfährt.

Drittens: Ich habe ihm sofort gesagt, dass ich da letztes Jahr zu Weihnachten gewesen bin und es dort einfach wunderschön war, ich aber heuer leider nicht dort hin fahren kann, weil meine Frau für die heurigen Weihnachten schon eine Rentierschlitten-Tour am Nordkap gebucht hat.

Viertens: Der Mann redet nicht mehr mit mir.

Ist auch eine Unverschämtheit, weiter wegzufahren als er, auch wenn es nicht wahr ist.

Weihnachten und Wahn haben ja schon immer gut zueinander gepasst....und so macht der Reise-Größenwahn auch nicht vor dem „stillen Fest" halt.

Galt man früher schon als „exklusiv", wenn man z.B. als Grazer sagen konnte „Ich war am Christkindlmarkt in Wien", so kann man heute damit keine Anerkennung mehr erringen.

Schon gar nicht auf Facebook oder Twitter.

Heute muß es schon der Christkindlmarkt in Berlin sein... oder noch besser ist es natürlich, wenn sie stolz erzählen können: „Wir waren heuer auf einen Reisglühwein" in Tokio.

Ganz beliebtes Thema zum Erzählen sind natürlich erlebte Kreuzfahrten mit und ohne Speiben.

Da kann man richtig loslegen: In nur 4 Wochen war man

in ganz Asien unterwegs!

Da gibt es viel zu erzählen.....äh....was eigentlich?

Gesehen haben die Kreuzfahrer außer dem Schiffsdeck eigentlich nicht viel.

Doch! Die Skylines der Hafenstädte. Traumhaft schön!

Dass auch das allerschönste Kreuzfahrtschiff in Wahrheit eine Dreckschleuder ist, die bei einer einzigen Kreuzfahrt mehr Schadstoffe in die Umwelt bläst als 5 Millionen (!!) Autos, das ist wurscht.

Bei rund 300 Kreuzfahrtschiffen, die fast ständig unterwegs sind und ausschließlich zum Vergnügen betrieben werden, kann man sich das Umweltdesaster leicht ausrechnen.

Ich kann es leider nicht ausrechnen, denn ich habe nur die Hauptschule besucht und da habe ich oft gefehlt, denn ich mußte schon damals öfters mal weg.

Aber über Umweltverschmutzung spricht man nicht. Man spricht lieber über das Kapitänsdinner. Dieses war natürlich traumhaft schön. Was sonst.

Offenbar wird man in der heutigen Zeit nur mehr als Mensch akzeptiert, wenn man irgendwo war oder bald irgendwo hinfährt.

Und der Reisewahn macht neuerdings auch vor Hunden nicht halt.

Nicht dass die Hunde weg wollten, nein, die sind mit

ihrem Zuhause meist ganz zufrieden....aber das Frauerl und das Herrl suchen mit ihrem Hund auch das besondere Reiseerlebnis, egal, ob es dem Hund gefällt oder nicht.

Besuchen Sie mal die Hundeforen im Internet und Sie werden staunen!

Stark im Trend ist momentan, mit dem Hund über die Alpen zu wandern.

Dabei wird dem Hund ein prall gefüllter Hunderucksack auf den Rücken geschnallt, denn seine Sachen muss er natürlich selber tragen, auch wenn er überhaupt nicht über die Alpen möchte.

Würden Hunde reden können, würden sie ganz sicher sagen: „Möchte ich nicht!"

Aber Frauchen und Herrchen möchten es, damit sie auf Facebook wieder ganz tolle Fotos posten können und glauben, dass dann die ganze Facebook-Gemeinde vor Bewunderung über dieses einzigartige Abenteuer den Atem anhalten wird.

Wird sie nicht, denn dieses „einzigartige Abenteuer" haben heuer rund 5000 Hundebesitzer erlebt.

Einzigartig war es nur für die Hunde, die einmal mehr die Bestätigung erhielten, dass Frauchen und Herrchen von Tag zu Tag mehr Gehirnzellen verlieren als die Hunde Fellhaare.

Und überhaupt: Alpenüberquerungen sind nichts Einzigartiges mehr!

Das hat Hannibal mit seinen Elefanten bereits im Jahre 218 vor Christi geschafft....und nicht erst im Jahre 14 nach Facebook.

Liebe Hundebesitzer! Von mir aus krebst über die Alpen, aber bepackt bitte nicht eure Hunde wie Hannibal seine Elefanten, sondern lasst eure Hunde das sein, was sie sein möchten:

Einfach Hunde, die verspielt auf der Wiese herumtollen, ganz ohne Rucksack auf dem Rücken und mit voller Bewegungsfreiheit.

Und ein Aufruf an die Menschen. Seid ganz einfach wieder einmal nur Menschen, ganz ohne Selbstdarstellungs- und Anerkennungszwang.

Dann erholt ihr euch auch wieder wirklich.

Ich persönlich mache heuer Extrem-Urlaub: Ich bleibe zu Hause!!

Ich wandere auf die Berge und schau mir den ganzen Reisewahn von oben an und frage mich bei jedem Gipfelkreuz:

Wie grauslich müssen es diese Menschen eigentlich zuhause haben, wenn sie immerfort nur wegfahren möchten??

PS.: Früher reiste man, um Land, Leute und Kultur kennenzulernen.

Heute reist man, um tolle Selfies für Facebook zu haben. Ganz ohne Kultur.

Und um tolle Souvenirs mitzubringen:

Australia- oder USA-Aufkleber, die die gesamte Heck-
scheibe des Autos abdecken.

Selber sieht man nichts mehr, aber alle Anderen sehen,
dass man wo war.

Schlüsselanhänger in Handtaschengröße mit dem ent-
sprechenden Aufdruck des Landes, wo man zuletzt war.

Kaffeehäferl und Teller mit ebensolchen Aufdruck, mit
denen man dann jedem Besuch seine wunderschöne
Reise vor die Nase stellen kann.

Die obligaten fremdländischen Autokennzeichen, die man
gut sichtbar auf die Garagenmauer nagelt, kann man
auch im Internet bestellen, daher nicht gleich alles
glauben, was man sieht.

Und so weiter und so weiter.

Für Kinder gibt es den Reisewahn auch als Märchen.

Die Hauptfigur nennt sich "Reisestilzchen", tanzt ständig
um einen Globus herum und singt:" Ach wie bin ich froh,
ich bin schon wieder irgendwo!"

Das Urheberrecht und die Bekannten

Wenn Sie den Unterschied zwischen einem Mister X. und einem Bekannten erfahren möchten, dann schreiben Sie einfach mal ein lustiges Buch so wie ich.

Wenn einem Mister X. einige Geschichten aus meinem Buch gefallen, dann passiert meist folgendes:

Der Mister X., z.B. ein Kabarettist, kontaktiert mich.

Der Mister X. bittet um Erlaubnis, den Text und die Pointen für sein Programm verwenden zu dürfen.

Der Mister X. macht mir dafür ein finanzielles Angebot und überweist mir anschliessend das vereinbarte Honorar.

Der Mister X. lädt mich zur Vorstellung ein und ich darf seine Vorstellung kostenlos besuchen, so oft ich möchte und das sogar mit Begleitung.

Bei Bekannten läuft das ganz anders.

Ich habe einen Bekannten, der aktiv bei einer Traditionsveranstaltung mitmacht und dem einige Geschichten aus meinem Buch gefallen haben, die er für seinen Auftritt verwenden wollte bzw. auch verwendet hat.

Nun zum Unterschied:

Der Bekannte hat mich nicht kontaktiert!

Der Bekannte hat mich nicht um Erlaubnis für die Verwendung gefragt!

Der Bekannte hat mir bis heute keinen Cent dafür bezahlt!

Und die Karten für die Traditionsveranstaltung musste ich auch noch auf Heller und Pfennig selbst bezahlen!

Erkennen Sie den Unterschied?

Mister X.e wissen, das meine Texte mein geistiges Eigentum sind und dass geistiges Eigentum genauso Kapital ist und einen Wert besitzt wie materielles Eigentum.

Bekannte hingegen denken offensichtlich, meine Bücher sind ein Selbstbedienungsladen, bei dem sich jeder ohne zu fragen und ohne zu bezahlen einfach nur bedienen braucht.

Würde ich gleich handeln wie jene Bekannte, müsste ich in deren Wohnungen gehen und mir daraus einige Gegenstände aneignen, natürlich ohne zu fragen und ohne etwas dafür zu bezahlen.

Macht man nun die Bekannten auf geistiges Eigentum und Urheberrecht aufmerksam, sind sie entweder beleidigt oder geben sich zerknirscht und versprechen, mit mir darüber sprechen zu wollen, was sie dann aber nie tun.

Fassen wir also nochmals den Unterschied zusammen:

Mister X.e fragen, bevor sie etwas nehmen.

Bekannte nicht.

Mister X.e bezahlen für das Genommene.

Bekannte nicht (was sie auch nicht müssten, wenn sie nur vorher fragen würden).

Bei den Mister X.n wird man dann zur Premiere eingeladen.

Bei Bekannten muss man dafür vollen Eintritt bezahlen.

Die Erkenntnis daraus:

Von Fremden bekommt man eher Respekt, Honorar und Anerkennung als von Bekannten.

Aber diese Erkenntnis haben Sie sicher schon lange vor meinem Buch gemacht.

Diese Erkenntnis haben oder hätten Sie auch ohne mein Buch gemacht.

Aber durch mein Buch erhalten Sie die definitive Bestätigung!

Das Universalwort „Dings".

Die deutsche Sprache umfasst über 5 Millionen Wörter, die einzelne Begriffe definieren und dafür sorgen, dass in einer Konversation der Eine genau weiss, was der Andere meint.

Dennoch gibt es ein Wort, dass alle anderen Wörter universell ersetzen kann: das Wort „Dings!"

Es ist das am häufigsten eingesetzte Wort, wenn unter älteren Leuten kommuniziert oder exakter gesagt „getratscht" wird....weil einem als älteren Menschen die konkreten Namen nicht mehr so schnell einfallen, wie das Mundwerk läuft.

Dieser Tratsch läuft dann oft so ab:

Frau A: „Dieser Dings da hat schon wieder eine neue Freundin....mit der anderen, der Dings, ist es schon wieder aus."

Frau B: Habe ich auch schon gehört, von der Frau Dings, die hat es mir letztens, als wir uns beim Dings trafen, erzählt."

Frau A:" Dabei war die Dings so ein nettes Mädchen, letztens hat sie mir noch beim Dings geholfen, so nett war die."

Frau B:"Aber der Dings von der Frau Dings ist noch ärger. Der geht Samstag abends immer in die Dings und jedesmal mit einer neuen Dings nach Hause."

Frau A:"Ich weiss, ich habe ihn am Dings selbst gesehen,

da ist er mit der Dings ins Kaffeehaus gegangen und hat ihr Kuchen und Dings bezahlt. Dabei war er doch schon mit der Dings verlobt, weisst eh, die Dings vom Dings, die Blonde, mit der er im Sommer erst in Dings war."

Und so geht der Tratsch weiter bis zum...eben...Dings, Sie wissen schon.

Das Wunderbare dabei: Alles Konkrete wird durch „Dings" ersetzt und dennoch wissen alle Beteiligten genau, was gemeint ist.

Das ist Altersweisheit!

Letztens wurde ich Ohrenzeuge eines angeregten Gespräches zwischen zwei Pensionisten.

Herr A:"Mir ist gestern abend beim Dings der Dings kaputt gegangen, ich muss heute unbedingt zum Dings, mir so ein Dings besorgen. Hoffentlich ist das Dings nicht zu teuer."

Herr B."Ja, diese Dingsdinger halten nicht mehr so lange wie früher. Früher, als es diese Dings noch gab, da haben diese Dinger ewig gehalten, aber heute....."

Herr A:"Genau. Dings war noch ein gute Marke. Da haben wir auch nie Probleme mit dem Dings gehabt."

Herr B:"Wann gehst Du zum Dings?"

Herr A:"Jetzt gleich dann, wenn ich das Bier ausgetrunken habe."

Herr B: "Super. Da gehe ich gleich mit, mir ist gerade ein-
gefallen, ich muss auch noch ein Dings besorgen, damit
dass Dings wieder funktioniert, weisst eh, dass Dings,
dass meiner Frau letzten Dings hinuntergefallen ist."

Herr A: "Gut. Dann gehen wir gemeinsam zum Dings,
dann können wir hinterher noch auf einen Sprung zum
Dings gehen auf ein Bierchen."

Wobei auffällig ist, dass das Wort „Bierchen" auch den
greisesten Männer immer sofort einfällt und nie durch
„Dings" ersetzt wird.

Aber es gibt nicht nur ein Universalwort, eben das Wört-
chen „Dings", sondern auch ein Universal-Argument!

Dieses Universal-Argument wird speziell von Frauen jeden Alters verwendet und ersetzt jedes andere Argument
voll, ganz und ohne Widerrede.

Dieses Universal-Argument lautet: „Aber trotzdem!!"

Wenn also zwischen den Dings, den Lebenspartnern eine
Diskussion um irgendetwas entbrennt, dann läuft das
beispielsmässig folgendermassen ab.

Er: „Jetzt hast Du schon wieder neue Schuhe gekauft? Du
hast Dir doch erst vorgestern ein paar neue gekauft!"

Sie: Ja, die waren ein absolutes Schnäppchen, die musste ich nehmen."

Er: "Schnäppchen?

Sie:"Ja, die haben vorher 100 Euro gekostet und jetzt nur mehr 50 Euro, da habe ich 50 Euro gespart!"

Er:" Du hast nicht 50 Euro gespart, sondern in Wahrheit 50 Euro extra ausgegeben!!"

Sie: Wie meinst du das?"

Er:"Du hast für die Schuhe 50 Euro ausgegeben, die nicht eingeplant waren. "

Sie:"Ah, so meinst du das".....

(jetzt kommt ergänzend das Universal-Argument zum Einsatz)...

....ABER TROTZDEM!"

Sie erklärt nicht, was „trotzdem" oder weshalb „trotzdem", es folgen auch keine detaillierten Argumente, sondern das Universal-Argument „Aber trotzdem" ersetzt alles!

Auch bei der Diskussion, wohin es im Sommer in den Urlaub gehen soll.

Sie:"Ich möchte heuer ans Meer nach Ägypten!"

Er:"Schatz. Ägypten kommt nicht in Frage. In Ägypten hat es im Sommer um die 40 Grad im Schatten.

Sie:"Wir haben doch Sonnencreme und Sonnenhüte. "

Er:"Das Essen dort ist auch nicht besonders gut, habe ich gehört. "

Sie: "Dann essen wir halt was Anderes.

(Weibliche Logik)

Er: " Außerdem herscht in Ägypten permanent Terror-
gefahr und ich möchte noch nicht sterben!"

Sie: „ABER TROTZDEM!"

Sie können wetten, wo das Pärchen im Sommer in den
Urlaub hinfährt.....richtig.....nach Ägypten!

„Aber trotzdem" hat wieder einmal gesiegt.

„Aber trotzdem" ersetzt jede weitere Erklärung, jedes
weitere nötige Argument und jeden Widerspruch.

Mit „Aber trotzdem" ist alles gesagt.

Aus. Ende. Schluß.

Spät, aber doch....

Oder doch nicht?

Wer weiß schon wirklich, was vor 30, 40 oder 50 Jahren vorgefallen ist, wenn Frauen erst nach dieser langen Zeit feststellen, dass sie sexuell belästigt oder genötigt worden sind.

Fast kaum ein Promi über 50 geht in den derzeitigen Schlagzeilen der Presse leer aus, wenn es um das Bekanntwerden von sexuellen Übergriffen im Jahre Schnee geht.

Was war denn das früher für eine Zeit, in der es offensichtlich nur Lustmolche, Grapscher und Sexmonster gab?

Vor allem, was habe ich persönlich da versäumt?

Ich gehöre auch zur Generation der beschuldigten Promis, musste aber damals viel Geld für Restaurants, Tanzlokale und Blumen ausgeben, um endlich mal mit einer Frau ins nähere Geschehen zu kommen.

Was hätte ich mir Geld erspart, wenn ich es damals so wie meine prominenten Altersgenossen gemacht hätte und einfach vor mich hingegrapscht und die Mädels kurzerhand ins nächste Hotel gezerrt und genötigt hätte.

Bei mir haben die Mädels schon aufgeschrien und sind davongerannt, wenn ich nur meine Lippen gespitzt habe und ich hatte dank Odol garantiert keinen Mundgeruch!

Ich glaube, der Unterschied war jener, dass bei mir nichts zu holen war: Keine Filmrolle, keine Pressefotos, die die Schöne an meiner Seite zeigen, keine Yachturlaube in Monaco.

Denn: Weshalb haben die von Promis belästigten Frauen damals nicht gleich aufgeschrien und sind davongerannt wie bei mir?

Weshalb haben diese Frauen die Belästigung nicht sofort angezeigt?

Ich bin nämlich der naiven Meinung, dass man es sofort bemerken müsste, wenn man sexuell bedrängt, belästigt oder genötigt wird....und nicht erst nach 30, 40 oder 50 Jahren!

Saurier hatten seinerzeit eine Reaktionszeit von über 5 Minuten. Das war schon sehr sehr lange.

Gewissen Frauen haben offenbar eine Reaktionszeit von Jahrzehnten.

Das ist schon unbegreiflich!

Kann es sein, dass diese Frauen, die jetzt nach Jahrzehnten aufschreien, die sexuellen Belästigungen bewusst in Kauf genommen und geschwiegen haben, um persönliche Vorteile und Karriereschübe geniessen zu können?

Kann es sein, dass vieles davon jetzt nur erfunden wird, um wieder einmal in der Presse erwähnt zu werden und vielleicht sogar ein bisserl Entschädigung zu erhaschen?

Ich möchte wirklich niemanden beschuldigen, **schon gar nicht jene, die das wirklich erleben mussten**, aber ein bisserl komisch mutet sich diese ganze Serie an Beschuldigungen, die derzeit die Zeitungen füllen, schon an.

Eine beginnt, alle folgen und man hat das Gefühl, dass mittlerweile schon alle Frauen, die jemals etwas mit Film, Sport, Kunst und Roterteppichgesellschaft zu tun hatten, sexuelle Belästigungen erdulden mussten.

Für mich als mittlerweile 66-jährigen und viele Generationskollegen kann dieses Phänomen der weiblichen Späterkenntnisse sogar als Ansporn aufgefasst werden, Frauen ab sofort sexuell zu belästigen.

BUUUUUUUH!

Ich höre jetzt förmlich den entsetzten Aufschrei aller Leser!!

Es ist aber so. Denken und rechnen Sie mal mit:

Wenn ich heute als 66-jähriger Frauen sexuell belästige und die kommen erst in 40 Jahren drauf, dann bin ich 106 und garantiert fern jeder Erreichbarkeit durch die Justiz.

Selbst, wenn sie schon nach 30 Jahren draufkommen, sollte ich aus dem Schneider sein.

Fein, oder?

Aber keine Angst holde Weiblichkeit. Das ist eine Satire. Ihr seid vor mir sicher. Darüber wacht schon meine Frau.

Also liebe Frauen: Wenn ihr sexuell belästigt werden solltet, bitte sofort aufschreien, dem Belästiger in die

Nüsse treten, die Polizei holen, die Presse informieren oder was sonst noch in diesem Falle legitim ist, aber bitte nicht erst in 30, 40 oder 50 Jahren draufkommen!

Dann bekommt das Ganze nämlich einen seltsamen Beigeschmack und wird zur Satire.

Vielleicht eröffnet sich für mich aber auch ein neuer Zusatzverdienst zu meiner Rente, wenn ich Frauen anzeige, die mich sexuell belästigen.

Okay, mit Absicht wird mich in meinem Alter keine Frau mehr sexuell belästigen, aber man kann ja Absicht unterstellen, wie es manche Frauen ja auch tun.

Wenn an der Kasse im Supermarkt eine Frau hinter mir zu drängeln beginnt und mich dabei berührt, dann zeige ich sie einfach an....wegen sexueller Belästigung, denn sie hat mich angegrapscht und zusätzlich zeige ich sie noch an wegen Seniorenschändung!

Mit dem Schmerzensgeld gehen sich dann schon wieder ein paar Extra-Urlaubstage samt Aperol in Italien aus.

Ja. So mache ich das!

Vom Saugen & Lüften

Meine Frau ist an sich ein sehr friedlicher Mensch, der die Ruhe liebt und im Großen und Ganzen sehr umgänglich ist.

Aber es gibt einen Moment, wo sich meine Frau von der Frau Jekyll in die Frau Hyde verwandelt (ja auch hier wird gleichberechtigt).

Dieser Moment tritt zu 100% und mit augenblicklicher Wirkung immer dann ein, wenn sie den Staubsauger zur Hand nimmt.

Plötzlich wird ihr Blick glasig und zu allem entschlossen, in ihren Gesichtszügen spiegelt sich die pure Angriffslust wieder und ihre Bewegungen werden ebenso hektisch wie kompromisslos.

Sie verwandelt sich in eine Staubsaugkampfmaschine....und ist dann von ihrer Urgewalt her so etwas wie ein Tornado, ein Tsunami, ein Erdbeben, Rambo, Terminator, Batman, Tarzan und der Weltuntergang in einer Person.

Unaufhaltsam und gnadenlos.

Der Hocker vor der Couch wird mit dem Fuß weggegrätscht wie ein Stürmer von Bayern München von einem Dortmunder Verteidiger, die Couch wird mit einer Hand hochgehoben (egal, ob ich noch draufsitze oder nicht) und das Staubsaugerrohr wird mit einer Geschwindigkeit hin-und her bewegt, die nicht einmal Niki Lauda in seiner besten Zeit erreicht hat.

Sollte ich es nicht geschafft haben, meine Zehen noch rechtzeitig vor dem Herannahen des Staubsaugerrohres in die Höhe zu reißen, so steckt der große Zehe mit Sicherheit im Staubsaugerrohr und ich werde von ihr samt Staubsauger Richtung Küche, der nächsten Sauglocation, mitgezogen.

Der Hund beobachtet die ganze Szene von der Krone des Apfelbaumes aus, auf die er als Hund eigentlich gar nicht hinaufklettern kann, aber es angesichts meiner Frau mit dem Staubsauger in der Hand doch mühelos schafft.

Wo meine Frau mit dem Staubsauger auftaucht, werden alle anatomischen und genetischen Unmöglichkeiten außer Kraft gesetzt.

Wenn ich es rechtzeitig mitbekomme, dass meine Frau Staubsaugen am Programm hat, dann rette ich mich immer in mein Büro und sperre mich dort ein.

Was aber nur bedingt hilft, denn auch mein Büro steht ja auf dem Saugplan meiner Frau.

Aber ich höre es wenigstens rechtzeitig, wenn sich das Motorgeräusch des Staubsaugers meinem Büro nähert und habe dann noch genügend Zeit, mich auf dem Schreibtisch zusammenzukauern und meinen Vollvisierhelm aufzusetzen, bevor meine Frau wie Rambo durch die geschlossene Tür marschiert, den Staubsauger mit einem Ruck über die Reste des Türblattes schwingt und unter meinem Schreibtisch Staub samt Pantoffel wegsaugt.

Im Sommer ist es etwas leichter, da setze ich mich immer zum Hund auf den Apfelbaum, aber im Winter ist es mir zu kalt, da flüchte ich lieber auf den Schreibtisch.

Die überlebte Staubsaugerattacke feiere ich dann mit einem Stamperl Zirbenschnaps. Dieser reinigt die Innereien wieder vom eingeatmeten, durch den Staubsauger aufgewirbelten Staub.

Gottseidank ist meine Frau noch nicht auf die Idee gekommen, auch den eingeatmeten Staub wegzusaugen, sonst käme ich bei jeder Staubsaugerei auch noch in den Genuß einer Gastroskopie mittels Staubsaugerschlauch.

Haben Sie genug Fantasie, um sich das vorzustellen?

Dabei kann ich meiner Frau gar keinen Vorwurf wegen ihrer staubsaugergesteuerten Amokläufe machen, das ist in ihrem Falle ein Erbschaden oder Gendefekt.

Vererbt von ihrem Vater, seines Zeichens hochdekorierter Staubsaugerkampfpilot, der jedes noch so kleine Staubkorn und jedes noch so zarte Härchen zielsicher aufspürt und ins hoffnungslose Dunkel des Staubsaugerbeutels befördert.

Würde man meinen Schwiegervater auf eine einsame Insel verbannen und ihm einen Wunsch für eine Begleitung auf die einsame Insel gewähren, seine Antwort käme wie aus der Pistole geschossen: „Ich nehme den Staubsauger mit!"

Da hätte seine Frau gar keine Chance.

Auf der einsamen Insel gäbe es dann innerhalb weniger Stunden keinen Sandstrand mehr – weggesaugt!

Die Bäume auf der Insel hätten im Nu keine Blätter mehr – weggesaugt!

Es gäbe auf der Insel ruckzuck keine Lebewesen mehr – weggesaugt!

Und wehe, es käme jemand auf die Idee, ihn mit einem Hubschrauber von der Verbannung auf der Insel zu retten!

Es wäre der totale Supergau, wenn der Hubschrauber durch den Wind seiner Rotorblätter auf der Insel alles in Unordnung bringen würde.

Wenn Rettung, dann höchstens nur per Ruderbot, aber bitte ganz vorsichtig, damit das Ufer nicht schmutzig wird....und die Retter bitte vor dem Betreten der Insel unbedingt die Schuhe auszuziehen, sonst gibt es Troubles.

Würde man meinen Schwiegervater in die Wüste verbannen, die Sahara wäre in wenigen Stunden sand-und staubfrei.

Ob meine Frau auch den „Lüftungszwang" von ihrem Vater vererbt bekommen hat, kann ich nicht mit Sicherheit behaupten.

Was ich aber mit Sicherheit weiß, ist, dass ich (wir befinden uns momentan im Winter) in Kürze wieder mit Eisblumen auf der Glatze vor dem Fernseher sitzen werde, weil meine Frau muß „lüften".

Dazu wird die Balkontüre sperrangelweit geöffnet (Winter welcome) und wie eine Königspython schlängelt sich die Kälte meine Beine hinauf zum Oberkörper, der dann auf der Couch erstarrt und in der Krönung meines unbehaarten Hauptes durch wunderschöne Eisblumen gipfelt.

Ich würde gerne in die Küche, ins Büro oder ins Schlafzimmer flüchten, aber das wäre sinnlos, denn dort wird auch „gelüftet".

Ich frage mich, weshalb wir in einem Haus wohnen, in einem Zelt wäre das „Lüften" doch viel einfacher und das Thermometer würde die selbe Temperatur wie im Haus anzeigen.

In diesen Augenblicken beneide ich meinen Hund um sein wärmendes Fell.

Ihm ist nie kalt und er braucht auch keine Eisblumen am Kopf zu fürchten.

Wenn ich nochmals auf die Welt kommen dürfte, dann bitte als Hund. Das hätte Vorteile.

Ich muß jetzt diese Geschichte leider beenden, denn ich höre von weitem (Vorzimmer) schon wieder den Staubsauger kommen und ich muß noch meinen Vollvisierhelm holen, der beim letzten Lüften zum Lüften auf den Balkon gehängt wurde.

Bis später!

Am richtigen Weg

Ich liebe sie....die Interviews erfolgloser Sportler nach ihrem Versagen.

Da belegt z.B. ein Skifahrer den 28. Platz und behauptet danach steif und fest: „Beim letzten Rennen war ich 29., heute bin ich 28....ich bin auf dem richtigen Weg!"

Lieber Sportler! Du bist vielleicht auf dem richtigen Weg, aber das wieder einmal um etliche Zehntelsekunden zu langsam!!

Wenn ich irgendwo hinten herumkrebse, kann dies nicht der richtige Weg sein.

Anderes Beispiel.

Die Skispringer versagen kollektiv und kommen nicht einmal in die Top Ten.

Was sagt der Trainer im Interview?

Er stellt fest: „Wir haben gut trainiert, aber den Athleten fehlt die Leichtigkeit!"

Lieber Trainer! Wenn ihr gut trainiert hättet, würdet ihr nicht irgendwo im Hinterfeld landen und wenn den Athleten die Leichtigkeit fehlt, dann hast ja du versagt, lieber Trainer....weil du als Trainer bist dafür verantwortlich, dass die Springer Selbstvertrauen und Leichtigkeit bekommen.

Und was meinte der nordische Direktor im Interview zur Erfolglosigkeit der Skispringer?

Er meinte: „Ich weiß nicht, woran es liegt."

Lieber nordischer Direktor! Zum Nichtswissen braucht man keinen hochbezahlten nordischen Direktor!

Dazu genügt ein geringfügig angestellter Hausmeister, der dazu nicht einmal Deutsch können muß!"

Der ist wenigstens „Meister", wenn auch nur Hausmeister.

Ich liebe sie....die Interviews erfolgloser Sportler nach ihrem Versagen.

Was sagte eine Slalomläuferin, die zum x-ten Mal hintereinander nicht das Ziel erreicht hat und es nun endlich mal bis zur zweiten Zwischenzeit geschafft hat?

Sie sagte:"Es geht in die richtige Richtung!"

Liebe Sportlerin! Ja, es geht in die richtige Richtung, nämlich immer nach unten, denn unten steht der Zielbogen, den du aber schon lange nicht mehr gesehen hast!

Eine der intelligentesten Aussagen einer Sportlerin/eines Sportlers, der gerade Mist gebaut hat, ist der weise Ausspruch: "Morgen ist ein neuer Tag!"

Echt? Das muss ich gleich meiner Frau erzählen, die weiß das womöglich noch gar nicht.

Oder was sagte der Profi-Radler, der soeben bei irgendeinem Schnackerlrennen den 35. Platz erreicht hat?

Er sagt ohne rot zu werden:"Ich bin zufrieden!"

Lieber Profiradler! Wenn Du mit einem 35. Platz schon zufrieden bist, dann ehrt dich zwar deine Bescheidenheit, aber bist du sicher, dass du den richtigen Beruf ausübst?

Ich liebe sie....die Interviews erfolgloser Sportler nach ihrem Versagen.

Ein Profi- Tennisspieler, der soeben bei einem Turnier in der ersten Runde gegen den amerikanischen Studentenmeister ausgeschieden ist, meint zum Reporter:"Kann man nichts machen, das passt schon!"

He? Da habe ich mich wohl verhört.

Das passt schon, wenn man eine völlig inakzeptable Leistung erbracht hat?"

Wo bleibt da die Selbstkritik und der sportliche Ehrgeiz?

Ich versuche mich schon zu verbessern, wenn ich gegen meinen Enkel einmal beim Memory verloren habe, lege extra Trainingseinheiten ein, um beim nächsten Mal meinem Enkel zu zeigen, wer der Großvater im Haus ist.

Und dem Tennisprofi, der um viel Geld von Österreich ausgebildet wurde und für sein Antreten schon mit Geld überhäuft wird, dem „passt es schon", wenn er in der ersten Runde hinausfliegt?

Ich liebe sie....die Interviews erfolgloser Sportler nach ihrem Versagen.

Da stottert ein Fußballer nach der 10. Niederlage in Serie ins Mikrofon. "Uns fehlt nur das Glück!"

Lieber Kicker! Wenn deine Mannschaft nur mit Glück gewinnen kann, dann habe ich einen wertvollen Tipp für euch: Probiert es mal mit Training!!

Auch Können könnte helfen.

Statt zwei Stunden am Vormittag beim Tätowierer lieber zwei Stunden Laufen und statt 2 Stunden Friseur am Nachmittag lieber 2 Stunden Training mit dem Ball.

Dann könnte es klappen und ihr seid nicht mehr darauf angewiesen, dass das „Glück" den Ball ins Tor bringt.

Kann aber auch sein, dass das „Glück" beim Verein einfach weniger verdient als die Kicker, deshalb beleidigt ist und daher nicht mithilft, dass das Runde im Eckigen landet.

Und zum Abschluß meine Lieblingsaussage beim Interview erfolg**loser** Sportler.

„Ich weiß, dass ich es kann, aber ich kann es momentan nicht umsetzen."

Lieber Sportler! Wenn du das, was du kannst, nicht umsetzen kannst, dann kannst du es nicht!"

Ganz einfach.

Also: Trainieren statt Stumpfsinn quatschen!!

Dann seid ihr auf dem richtigen Weg, habt effektiv „gut

trainiert", dann geht es ganz von selbst in die richtige Richtung, dann könnt ihr wirklich zufrieden sein, seid nicht mehr auf das Glück angewiesen und eure Verantwortlichen brauchen sich nicht mehr zu blamieren, indem sie sagen, dass sie nicht wissen, woran es liegt.

Oder anders gesagt:

Macht es einfach so wie der Marcel Hirscher!!

Dann klappt es.

Hilfe, die WOVUHs sind unter uns!

Die WOVUHs sind eine völlig neue, sich äußerst stark vermehrende Spezies von zwiespältigen Lebewesen.

Halb Gutmensch, halb Sadist treiben sie sich in den verschiedensten Medien herum, vorwiegend im Internet und tarnen sich am liebsten als erhobener Zeigefinger.

Ihr bevorzugter Aufenthaltsort sind Facebook, Twitter und andere unsoziale Medien.

Sie sprechen und schreiben den ganzen lieben Tag lang von Menschenwürde, Toleranz, Respekt, Antirassismus, Antidiskriminierung und dergleichen, werden aber sofort zu grausamen Sadisten, wenn jemand nicht genau ihrer Meinung ist.

Dann wird dieser Mensch sofort gnadenlos angeprangert, shitstormgemeuchelt, angegriffen und fertig gemacht.

Da wird das Gutmenschen-Tarnmäntelchen sofort fallen gelassen und von Menschenwürde, Toleranz, Respekt, Antirassismus, Antidiskriminierung und dergleichen ist nichts mehr zu bemerken.

Das liegt womöglich daran, dass sie für die WOVUHs nur so lange ein Mensch sind, so lange sie der selben Meinung sind und wenn sie wegen anderer Meinung kein Mensch mehr sind, so haben Sie auch kein Recht auf Menschenwürde und so weiter.

Sie sind dann ungefähr so beliebt wie ein Sodomist im Streichelzoo.

Moment, ich bin Ihnen ja noch die genaue Definition von "WOVUH" schuldig. Das ist ein von mir kreierter Begriff und heißt im ersten Falle "Wichtigmacher ohne Verstand und Humor".

Später mache ich Sie noch mit anderen Definitionen von "WOVUH" vertraut.

Ein klassisches Beispiel eines "WOVUH" ist jener drittklassige Journalist aus Graz-Umgebung, der einem Trainer einen Strick daraus drehen wollte, dass dieser vor einem entscheidenden Spiel gesagt hatte "Das ist ein Spiel auf Leben und Tod."

Anstatt diese (zugegeben nicht geschickte) Wortwahl als Bedeutung der Wichtigkeit des Spieles für den Trainer einfach hinzunehmen, hatte der drittklassige Journalist nichts Besseres zu tun, als sofort in seinem Internetblog diese Aussage des Trainers als absolute Ungeheuerlichkeit und unentschuldbare Fehlaussage hinzustellen, wobei er diese Aussage in Verbindung mit Menschen in Syrien brachte, bei denen es tatsächlich um Leben und Tod gehe.

Statt Format zu beweisen und diese in der Hitze eines Interviews getätigte Aussage einfach zu überhören (jeder von uns hat schon mal etwas Unangebrachtes gesagt) hüpfte er lieber wie eine alte Hexe durch Facebook und schrie: "Ich weiß was, ich weiß was!"

Genau genommen ist ja das Diskriminierung und Hetze!

Lieber drittklassiger Journalist, es ist wahrlich tragisch, was sich in den Kriegsgebieten unserer Welt abspielt, aber in der deutschen Sprache gibt es Worte, die eine mehrfache Bedeutung haben.

"Leben und Tod" kann man auch auf Chancen beziehen (die Chance lebt, die Chance ist gestorben) oder auf Hoffnungen (die Hoffnung stirbt zuletzt, die Hoffnung lebt neu auf) und das ist in einem facettenreichen Sprachgebrauch durchaus legitim und keinesfalls shitstormwürdig.

Das ist ein klassischer Fall, wo sich ein WOVUH in Gestalt eines drittklassigen Journalisten ohne Format einerseits als Gutmensch herausstreicht, aber im selben Atemzug einen anderen Mitmenschen fertig machen möchte.

Ein wirklicher Gutmensch hätte diese Aussage als das toleriert, was sie war - eine Aussage über die Wichtigkeit eines Spieles. Basta.

Kein Grund, das als Skandal aufzublasen. Das tun nur WOVUHs.

Was würden die WOVUHs bloß ohne Facebook, Twitter & Co machen?

Wo würden sie dann ihre schwachsinnigen Postings mit all ihren Rechtschreibfehlern verbreiten?

Oft habe ich den Eindruck, **Facebook ist eine geschlossene Anstalt, die allen offen steht.**

Das selbe gilt für Twitter, Instagram und wie sie alle heissen.

In diesem Falle könnte man eine Eigenschaft der

WOVUHs verdoppeln, in dem man sagt: WOVUH heißt:
Wichtigmacher ohne Verstand und Hirn.

WOVUHs möchten anderen Menschen vorschreiben, was
sie sagen dürfen und was nicht.

Das dürfen Sie nicht sagen, das ist intolerant.

Das dürfen Sie nicht sagen, das ist ausländerfeindlich.

Das dürfen Sie nicht sagen, das ist Diskriminierung.

Das dürfen Sie nicht sagen, das ist respektlos.

Das dürfen Sie nicht sagen, das ist Menschenverachtung.

Ja, zum Teufel oder zum Himmel oder was auch immer:

**Wir leben in einer Demokratie. Eine Demokratie wird
gekennzeichnet von Meinungsfreiheit!**

Egal, ob es den WOVUHs passt oder nicht.

Laut WOVUHs dürfen Sie keinen Blondinnenwitz erzählen, da werden Frauen diskriminiert.

Keine Ärztewitze, da werden Ärzte respektlos behandelt (so wie ich übrigens auch von manchen Ärzten).

Keine Witze, in denen Schwarze, Chinesen, Indianer oder
andere Rassen vorkommen. Das ist rassistisch!

Keine Witze über Schwule. Um Gottes Willen!!

Ich kenne einige Schwule und muss eines sagen: Die Schwulen, die ich kenne, haben 100 x mehr Humor als die WOVUHs und erzählen selbst Schwulenwitze.

Das ist Größe!! Nicht die ankotzige Gutmenscherei.

Keine Witze über Migranten. Absolutes Tabuthema.

Keine Witze über Senioren. Das ist Menschenverachtung.

Ich bin ein 60++ und ich kann nur eines sagen: **Nichts ist menschenverachtender als das Altwerden selbst!**

Dagegen ist jeder Seniorenwitz eine willkommene Salbung.

Außerdem: So lange ich auf der Welt bin, gingen Witze immer auf Kosten von irgendjemanden, der im Witz verarscht wird.

Und? Ein Witz heisst deshalb Witz, weil er ein Witz ist.

Im Gegensatz zu den WOVUHs, die auch ein Witz sind, aber ein Witz, der mangels gelebter Humorlosigkeit eher zum Kotzen anregt.

Wer Witze ernst nimmt und auf Diskriminierung analysiert, dem ist nicht zu helfen.

Besser würde die Welt ohne Witze jedenfalls nicht werden, nur langweiliger.

Wissen Sie, wie ein "sauberer" WOVUH-Witz aussieht? Ich erzähle Ihnen einen.

Kommt eine Frau zum Arzt und sagt nichts.

Daraufhin sagt der Arzt auch nichts.

Das wäre ein WOVUH-genehmigter Witz, der nichts und niemanden diskriminiert.

Nein, zum Lachen ist er nicht, aber man kann ja nicht alles haben.

Daher nenne ich diese WOVUHs in alternativer Definition wieder: Weltverbesserer ohne Verstand und Humor.

Wer es nicht aushält, mal verarscht zu werden, der ist einfach zu schwach für das Leben – wie eine andere Spezies von WOVUHs, auf die ich jetzt zu sprechen komme.

Diese immer weiter verbreitete Spezies von WOVUHs sind die Wehleidigen und Angerührten, die wegen jeder Kleinigkeit beleidigt sind.

In diesen Fällen definiert sich WOVUH folgendermassen: Warmduscher ohne Verstand und Humor.

Das können einerseits einzelne Menschen sein, in der Regel erwachsene Söhne, die über 40 sind, noch bei der Mama wohnen und Burnout bekommen, wenn das Nutellaglas leer ist oder Töchter über 40, die noch keinen Mann haben (warum wohl) oder schon über 20 Männer gehabt haben (die immer davongelaufen sind) und ebenfalls burnoutgefährdet sind, wenn der gewünschte Schuh nicht in der passenden Größe lagernd ist.

Ja, liebe WOVUHs, ich habe soeben wieder einige Menschen diskriminiert, respektlos und intolerant behandelt, aber das mag daran liegen, dass ich Satiriker bin und kein selbsternannter Gutmensch.

Ein schwarzer Fussballer hat zum Beispiel Training und Besprechung geschwänzt (=Arbeitsverweigerung), hat damit seine Fans vor den Kopf gestossen (=Vertrauensbruch) und will so eine vorzeitige Vertragsbeendigung provozieren (= Vertragsbruch und schlechter Charakter).

All seine Schlechtigkeiten haben ihn nicht gestört, aber als jemand das Ganze ein „Affentheater" genannt hat, da hat der schwarze Fussballer sofort aufgeschrien und von grober Diskriminierung gesprochen.

Die Wehleidigkeit gilt übrigens nur für das, was man selbst erfährt, nicht für das, was man Anderen antut.

Moslems fühlen sich vom Kreuz in den Klassenzimmern diskriminiert, beschimpfen Angestellte im Supermarkt, weil irgendein Logo auf Getränkeflaschen heiligen Schriftzeichen ähnelt und drohen, alles in Scherben zu schlagen, wenn diese Flaschen nicht aus dem Geschäft entfernt werden.

Liebe moslemische Mitbürger! Wenn ihr euch in unserem schönen Österreich von allem diskriminiert fühlt und nur Forderungen stellt, anstatt euch anzupassen, dann besucht bitte unsere auch uns Einheimische diskriminierenden, weil meist hässlichen Bahnhöfe und fährt dorthin, wo alles so ist, wie ihr es haben wollt.

Aber diesen Ort fürchte ich gibt es weltweit nicht.

Diese sich ständig diskriminert fühlende WOVUHs-Spezies kann aber auch ganz etwas Anderes sein, zum Beispiel auch eine Berufsgruppe.

Kellner zum Beispiel fühlen sich auch sofort beleidigt.

Wenn der Kellner nach dem Essen zu Ihnen an den Tisch kommt und fragt „Wie hat es geschmeckt", dann seien Sie bitte unter keinen Umständen ehrlich!!

Sagen Sie ihm bitte nicht, dass das Fleisch zäh war wie ein Autoreifen von Sebastian Vettel und der Salat salzig wie das Tote Meer, nein, bitte ja nicht.

Denn wenn sie das sagen, fühlen sich Kellner, Koch und Restaurantbesitzer sofort beleidigt, kompromitiert und diskriminiert, verfallen in schwere Depressionen, schlittern in ein Burnout und Sie müssen womöglich noch für die Heilungskosten dieser Personen aufkommen.

Außerdem macht der Kellner sofort mit dem Handy ein Foto von Ihnen und stellt es umgehend auf Facebook, Twitter & Co, mit dem Kommentar, dass Sie an seiner Lebenskrise schuld sind.

Sofort werden Sie mit einem nicht zu bremsenden Shitstorm an von Rechtschreibfehlern nur so strotzenden Hasspostings überschüttet, Ihr Haus wird angezündet, Ihr Auto gesteinigt, ihre Kinder werden von der Gesellschaft gemieden und Sie können nicht einmal auswandern, weil Facebook, Twitter und andere unsoziale Foren sind international.

Das haben Sie nun von Ihrer Ehrlichkeit.

Wie konnten Sie auch nur offen sagen, dass es Ihnen nicht geschmeckt hat?

Sie können sich aber revanchieren.

Wenn Sie völlig fertiggemacht und ausgestossen sind, können jetzt Sie ein Mitleidsposting auf Facebook, Twitter & Co stellen, in dem Sie den Kellner brandmarken, dass er Ihr Leben und das Leben Ihrer Kinder ruiniert hat.

Dann geht das Ganze in die andere Richtung los und der Kellner samt Familie wird niedergemacht.

Versöhnen können Sie sich mit dem Kellner dann im Obdachlosenasyl, in dem sie beide letzte Zuflucht finden werden.

Die neue Wehleidigkeit und die Macht der sozialen Medien sind nicht zu stoppen.

Die einzige Frage, die offen bleibt, ist, weshalb es „soziale Medien" heißt, wenn damit vorwiegend unsoziale Hetze betrieben wird.

Viel gescheiter ist es, wenn Sie sich das alles ersparen, indem Sie beim Restaurantbesuch auf die Frage des Kellners immer antworten: „Danke, es hat ausgezeichnet geschmeckt!"

Auch wenn Sie den Satz nicht fertig sprechen können, weil Sie schon auf dem Weg ins WC sind, um das Gegessene vorne oder hinten oder beidseitig wieder loszuwerden.

Die WOVUHs sind überall.

Wenn Sie ein Konzert, ein Kabarett, ein Theater oder eine Faschingssitzung besuchen, müssen Sie ebenfalls auf Nachfrage immer sagen:"Danke, es hat mir hervorragend gefallen!"

Jede andere Antwort kann Sie vor den Richter bringen.

Stellen Sie sich vor, Sie sagen ehrlich: „Das Programm war Scheiße!"

Schauspieler, Kabarettisten, Dirigenten, Musiker und Faschingsprinzen fallen sofort in Ohnmacht und deren Anwälte verklagen sie noch am selben Tag wegen übler Nachrede, Diskriminierung, Geschäftsschädigung, Kunstverunglimpfung, Weltverachtung und ähnlichem mehr.

Außer Sie haben bereits im Restaurant die Wahrheit gesagt und sind schon existenziell ruiniert, dann ist es egal.

Mit Ehrlichkeit kann man heutzutage nicht mehr überleben!

Die Welt will belogen, betrogen und gutgeredet werden.

"Sagen Sie nie die Wahrheit und schon gar nie die reine Wahrheit!"

Das ist die neue Formel in unserer WOVUH-Welt.

Oder Sie werden gnadenlos geshitstormt!

Ach, wie war die Welt ohne WOVUHs damals noch schön.

Ich fühlte mich nie diskriminiert, obwohl ich genügend Grund gehabt hätte, aber ich fühlte mich bei Negativereignissen höchstens herausgefordert.

Ich spreche nämlich sehr undeutlich und je nach Grad der Emotion und Stärke des Ereignisses stottere ich auch mal oder bringe gar kein Wort heraus.

Kurzum, ich habe von klein auf emotionale Sprachstörungen, die mir aber ebenso von klein auf völlig wurscht waren und mich nicht daran gehindert haben, mich durchzusetzen und im Leben etwas zu erreichen.

Es war mir auch völlig wurscht, besonders in Schulzeiten dafür gehänselt und verarscht zu werden (verarscht hieß damals noch anders, ich weiß aber nicht mehr genau, wie).

Ich habe stets andere Mittel gefunden, um meine Peiniger zurückzuverarschen.

Daraus haben sich mentale Stärke und Kreativität entwickelt und es klingt vielleicht großkotzig, aber es ist so: Mich kann heute keiner beleidigen oder kränken, ganz egal, was er sagt oder macht.

Ich werde sicher nie ein WOVUH.

Widerfährt mir Unangenehmes, so suche mir augenblicklich etwas Positives und orientiere mich an diesem.

Mit dieser Methode wird das Leben leicht und schön.

Da braucht man sich als Betroffene(r) nicht wochenlang

beleidigt zu fühlen, Shitsorms zu inszenieren oder gar irgendwelche Diskriminierungsverhinderungsinstitutionen anzurufen.

Mentale Stärke scheint aber vom Aussterben bedroht zu sein, denn heute regiert in der Welt eine neue Art von Wehleidigkeit, wo man nichts mehr sagen oder machen darf, weil egal, was man sagt oder macht, sich immer irgendjemand dadurch diskriminiert, kompromittiert oder beleidigt fühlt.

Eine widerliche Wehleidigkeit durchzieht unsere Gesellschaft.

Neulich besuchte ich ein Kaffeehaus, um zu frühstücken.

Ich trat ein uns grüßte aus voller Kehle: "Guten Morgen!"

Eine Stimme vom Nebentisch: "Sie wünschen mir nur einen guten Morgen? Den Rest des Tages kann es mir ruhig schlecht gehen oder was?"

Ich: "Natürlich nicht", ich wünsche ihnen selbstverständlich auch einen guten Tag!"

Gast: "Nur einen guten Tag? Und in der Nacht kann ich dahinsiechen, ha ?"

Ich: "Nein. Ich wünsche Ihnen auch eine gute Nacht und einen guten Tag!"

Gast: "Nur einen Tag und eine Nacht? Den Rest der Woche kann es mir scheisse gehen oder wie? Sie sind ein Menschenverachter!"

Ich: "Nein, bin ich nicht. Ich wünsche Ihnen gerne auch eine gute Woche!"

Gast: "Nur eine gute Woche? Und die anderen Wochen kann ich krepieren? Sie diskriminieren mich!"

Ich: "Aber nein. Ich wünschen Ihnen ein ganzes gutes Jahr!"

Gast: "Ein gutes Jahr? Und nächstes Jahr soll ich vor die Hunde gehen und Ihnen ist das völlig egal, oder? Sie sind respektlos!"

Ich: "Nein bin ich nicht. Ich wünsche Ihnen ein schönes, gutes Leben!"

Gast: "Und danach? Soll ich wohl in der Hölle schmoren, hallo, geht's noch?"

Ich: "Schöner Gedanke. Wissen Sie was? Sie können mich am Arsch lecken....und das gilt für immer, auch für das Jenseits!"

Da hatte ich ein echtes Musterbeispiel eines ewig beleidigten WOVUHs getroffen.

Ich verließ das Kaffeehaus ohne Frühstück, das mir vergangen war und ging zum Supermarkt, um meinen täglichen Einkauf zu tätigen.

In der Obst-und Gemüseabteilung nahm ich einen weißen Rettich aus der Kiste.

Plötzlich eine Stimme: "Mich nimmst du nicht, weil ich

schwarz bin, stimmts? Du bist ein Rassist!"

Ich schaute mich um und erblickte den schwarzen Rettich in der Nebenkiste, der mit mir sprach.

Ich: "Nein, lieber schwarzer Rettich, ich bin kein Rassist, aber mir schmeckt eben der weisse Rettich besser."

Schw.Rettich: "Du grenzt mich aus. Du bist ein Rassist!"

Ich: "Ich bin kein Rassist. Schau her, ich nehme auch Bananen. Schöne gelbe. Gelb wie Chinesen."

Rettich: "Und zuhause schälst du das Gelbe ab, wirfst es verachtend in den Müll und genießen tust du nur das Weiße!"

Ich: "Wegen dir werde ich die Bananen samt den Schalen essen, du depperter Rettich."

Ich beschloss aber sicherheitshalber heute nicht nur weißes, sondern auch schwarzes Brot zu kaufen, denn an der Supermarktkasse steht bestimmt ein oder eine Gleichstellungsbeauftragte/r und kontrolliert meinen Einkauf.

Ich hatte keine Lust mehr auf i-Tüpferldiskussionen und packte eine schöne, vollrunde, reife Melone in meinen Einkaufswagen.

"Die schöne Melone erinnert dich wohl an einen geilen Frauenarsch, du Sexist!"

Eine Tomate sprach zu mir. Eine WOVUH-Tomate. Ich wurde ungehalten.

Ich: "Ich werde die Melone aufschneiden. Das habe ich mit einem Frauenarsch noch nie gemacht. Der eine Schnitt war immer schon von Geburt an vorhanden."

Tomate: "Wohl in der Witzkiste geschlafen?"

Ich:"In der Obstkiste wäre es mir zu WOVUHlich."

Wütend setzte ich meinen Einkauf fort und packte süße, rote Kirschen in meinen Wagen.

Tomate:"Die süßen, roten Kirschen erinnern dich wohl an knackige Brüste, du elender Sexist!"

Ich:"Die roten Kirschen erinnern mich höchstens an Brüste von Touristinnen, die am ersten Tag gleich 10 Stunden oben ohne in der Sonne am Strand von Bibione liegen."

Tomate:"Oder du hast einen Mutterkomplex und die Kirschen erinnern dich an die Brüste deiner Mutter."

Ich:"Wenn ich an die Brüste meiner Mutter denken würde, hätte ich Dörrpflaumen kaufen müssen....meine Mutter ist 85!"

Tomate:"Die eigene Mutter diskriminieren. Du hast keinen Respekt!"

Ich:" Nicht vor einer Tomate....und wenn du nicht die Klappe hältst, dann kaufe ich dich und schau zu, wie du langsam am Fensterbrett verfaulst."

Tomate:"Typischer Tomatenverachter!! Das poste ich gleich auf Fb....auf Fruitbook!"

Sie sehen, die WOVUHs sind überall. Auch im Obstregal. Sie tarnen sich als Rettich, Tomaten und dergleichen und gehen wie alle WOVUHs anständigen Leuten auf den Wecker.

Zugegeben, letzteres war ein bisschen Science Fiction. Aber das war der Computer auch einmal und heute terrorisiert er jeden Haushalt.

Also Vorsicht, die WOVUHs lauern überall und warten nur darauf, Ihnen einen Shitstorm zu verpassen, der Ihnen das Leben vermiest.

Ich lasse mir von den WOVUHs nichts vermiesen: Ich denke, was ich will. Ich rede, was ich will. Ich schreibe, was ich will.

Ich werde mich der Meinungsdikatatur der WOVUHs nicht beugen!

Und wenn es den WOVUHs nicht passt, dann können sie mir ja Hasspostings schreiben – am besten an:

walter.wemmer@salzamt.lma

Und wenn es mir zu viel wird, dann flüchte ich einfach in ein Tierheim.

Dort leben die einzig noch vernünftigen Lebewesen dieser Welt.

Mit Demokratie sowie Meinungs-und Entscheidungsfreiheit haben auch jene Emanzen ein Problem, die in den Boxengirls der Formel 1 eine Diskriminierung der Frau sehen.

Immerhin haben Sie es geschafft, dass die Formel1-Bosse Boxengirls bzw. Grid-Girls abgeschafft haben.

Frage: Können erwachsene, junge Mädchen nicht selbst entscheiden, was sie machen wollen und was nicht?

Brauchen Sie dazu frustrierte, nie als Gridgirl in Frage kommende (warum wohl) Damen, die ihnen vorschreiben, was sie tun sollen und was nicht?

Es wurde nie auch nur ein einziges der hübschen Mädels gezwungen, Grid-Girl zu sein.

Im Gegenteil: Bei jeder Veranstaltung haben sich Hunderte von Mädels begeistert beworben, um als Gridgirl tätig zu sein.

Glaubt wirklich irgendjemand, dass sich Hunderte Mädchen begeistert bei der Formel 1 bewerben, um Diskriminierung zu erleben?

Das wäre ja Masochismus in reinster Reinkultur.

Hat sich je eines der Gridgirls diskriminiert gefühlt?

Mit Sicherheit NEIN!

Die Mädchen wollen einfach nur der Öffentlichkeit ihre Schönheit präsentieren, mal kurz im Mittelpunkt stehen und deren Eltern waren meist stolz, ihre Tochter bei der Formel 1 zu sehen.

Ausserdem wurde diese Tätigkeit ja auch entlohnt, war also für die Mädchen auch ein Verdienst.

Aber die Formel 1-Granden gingen vor den kreischenden Diskriminierungschreierinnen in die Knie.

Vielleicht auch nur, um von dieses WOVUHinnen Ruhe zu haben.

Wenn man schon Diskriminierung zum Thema macht, sollte man eines begreifen:

Diskriminierung ist von Geburt an Teil jedes Lebens!!

Weshalb bin ich mit Plattfüssen auf die Welt gekommen, als wäre mir mein Vater vom 10. Stock auf die Füsse gesprungen und das Baby im Nebenbett mit wunderschön geformten, makellosen Füssen?

Diskriminierung!!

Weshalb bin ich nur 1,75m groß gewachsen, wo ich doch so gerne größer und stärker wäre als Arnold Schwarzenegger?

Diskriminierung!!

Weshalb bin ich als Arbeitersohn geboren worden und nicht als Sohn von Rockefeller?

Diskriminierung!!

Oder als Sohn von Donald Trump?

Okay. Manchmal hat man auch Glück im Leben.

Weshalb gewinnen im Lotto immer andere Leute als ich?

Diskriminierung!!

Weshalb verdiene ich nicht so viel wie ein Politiker?

Diskriminierung!!

Wieso kann ich nicht singen wie Zucchero?

Diskriminierung!!

Wieso sehe ich nicht aus wie Dieter Bohlen?

Weil ich wieder einmal Glück gehabt habe.

Sie sehen, es gibt im Leben immer Pech und Glück....und wenn man bei Pech nicht immer "Diskriminierung" schreit, sondern im Pech das Positive sucht, würde man automatisch das Glück finden.

Aber das hat ein WOVUH noch nie begriffen.

Wie würde überhaupt eine Menschenwelt aussehen, in der niemand "diskriminiert" ist und alle gleichberechtigt sind.

Alle Babies würden bei der Geburt gleich aussehen.

Alle Babies wären gleich groß und schwer.

Alle Babies würden das selbe in selber Menge zu essen bekommen.

Alle Babies würden alle Rassenhautfarben in sich ver- einen, also aussehen wie der Marmorkuchen von Oma.

Alle Babies wären zu 50% Mann und zu 50% Frau.

Alle Babies wären gleich intelligent.

Später wären sie alle gleich angezogen, würden die selbe Schule besuchen, die selbe Ausbildung genießen, den selben Beruf ausüben, alle würden gleich viel verdienen, das selbe Auto fahren und alle gleich alt wieder sterben.

Die sexuelle Komponente möchte ich mir nicht näher vorstellen.

Das also wäre die wundervolle Welt der WOVUHs!

Stephen King, George Orwell und Herzmanovsky-Orlando würden vor Neid erblassen!

Und ich brauch jetzt einen Schnaps!

Die heutige Zeit wird als "WOVUH-Zeit" in die Geschichte eingehen....und alle werden sich mit Wehmut an die Steinzeit, Kreidezeit und wie die alten Zeiten alle geheissen haben, zurückerinnern, wo das Leben noch so einfach war.

Womöglich werde ich wegen dieser WOVUH-Story von irgendeinem überwichtigen WOVUH angezeigt....bei der Antidiskriminierungsstelle.

Antidiskriminierungsstellen sind jene Institutionen, die mit Steuergeld dafür bezahlt werden, dass mündige, intelligente Bürger, die offen ihre Meinung sagen, wegen "Verhetzung" vor Gericht landen.

Wir leben in Österreich zwar angeblich in einer Demokratie und in einer Demokratie sollte Redefreiheit herrschen, aber das ist nur so lange richtig, so lange sie den WOVUHs nach dem Mund sprechen.

Wenn nicht, dann Gericht.

Das ist ein WOVUH-Gedicht.

Wilkommen in der Welt der WOVUHs!

PS.: Mich wundert, dass noch kein WOVUH die Abschaffung der deutschen Sprache gefordert hat.

Diese Sprache wurde doch auch von den Nazis gesprochen und diskriminiert alle Nichtnazis, also den größten Teil der deutschsprechenden Menschen.

Also liebe Deutschsprechende, lernt sicherheitshalber Fremdsprachen, sonst seid ihr bei den WOVUHs eines Tages alle Nazis.

ALLE!

Zwecks Gleichstellung und so.

Von Himmel und Hölle.

Ich bin in einem Alter, wo man schon hin und wieder über den Tod nachdenkt.

Da kommen natürlich eine Menge Fragen auf.

Gibt es tatsächlich Himmel und Hölle, was man uns schon im Kindesalter im Religionsunterricht einzureden versucht hat?

Kommen wirklich die Braven in den Himmel und die Bösen in die Hölle?

Gibt es überhaupt ein Leben nach dem Tod?

Oder wie viele Verheiratete fragen: „Gibt es ein Leben nach der Hölle?"

Ich mache mir darüber so meine eigenen Gedanken.

Nehmen wir einmal an, der Religionslehrer hatte recht und es gibt wirklich Himmel und Hölle.

Wie sieht die Hölle aus?

Steht da wirklich der Teufel an der Feuerschale und heizt auf Temperaturen, dass alle noch lebenden Klimaforscher und Umweltschützer wegen des CO_2 in Ohmacht fallen?

Feuer würde meinem Rheuma sehr gut tun. Ein warmer Rücken kann nicht die Hölle sein, sondern eher eine Wohltat.

Außerdem kann man an des Teufel Feuerschale prima Würstel grillen.

Das wäre auch keine Hölle.

Außer die Würstel werden von einem Gammelfleischhändler geliefert, der ebenfalls in der Hölle schmort.

Was könnte also an der Hölle wirklich Hölle sein?

Werden in der Hölle vielleicht Hansi Hinterseer und Semino Rossi in Endlosschleife gespielt?

Das wäre Hölle!!

Oder sieht man in der Hölle alle Menschen wieder, die man zu Lebzeiten nicht leiden konnte?

Sitze ich dann zusammen mit meinem ehemaligen Chef im beheizten Wasserkessel?

Treffe ich in der Hölle meine lauten Nachbarn wieder?

Oder meine ganzen Verwandten?

Das wäre Hölle!!

Vielleicht ist die Hölle auch die Hölle, weil der Teufel nur vegan kocht....

Keine Würstel über der Feuerschale, nur Zucchini.

Hölle!!

Oder es gibt in der Hölle nur alkoholfreies Bier.

Hölle!

Oder ich muß mir den ganzen Tag höchstlangweilige Parlamentssitzungen anschauen.

Hölle!

Bei ganz ganz bösen Menschen wäre die Hölle dann womöglich so:

Gegrillte Zucchini mit alkoholfreiem Bier bei Musik von Hansi Hinteresser und Semino Rossi, in Gesellschaft mit dem ehemaligen Chef, den Nachbarn und allen Verwandten.

Hölle! Hölle, Hölle!

Denken wir mal die Gegenseite durch. Immerhin sind wir alle zu Lebzeiten immer nur gute Menschen gewesen (allein für diese Lüge haben wir schon die Hölle verdient).

Was also könnte im Himmel geschehen?

Könnte ich überhaupt in den Himmel kommen?

Meine Ex-Frau sagt „Nein", mein Hund „Ja".

Angenommen, ich würde in den Himmel kommen, was würde mich dort erwarten?

Eine flauschige Wolke, von der aus ich bequem das ganze Geschehen in der Welt da unten beobachten könnte?

Kann nicht sein, das wäre ja schon wieder Hölle.

Eine flauschige Wolke mit einem hübschen blonden Engel, der die Harfe zupft?

Glaube ich nicht, denn wenn man mich mit einem hübschen blonden Engel auf einer flauschigen Wolke alleine läßt, dann wäre ich 30 Minuten später aus denkbarem Grund schon in die Hölle verdammt.

Was wäre dann der Himmel?

Eine flauschige Wolke mit einer gut gefüllten Hausbar?

Möglich. Dann wäre ich aber spätestens nach einer Stunde wieder auf Erden.

Besoffen von der Wolke gefallen.

Vielleicht die Erklärung, dass so viele Alkoholiker noch immer auf Erden anzutreffen sind.

Also was zur Hölle ist der Himmel?

Eine flauschige Wolke, von der aus man alle auf den Schädel spucken kann, die einem zu Lebzeiten auf den Wecker gegangen sind.

Ja, das wäre der Himmel nach meinem Geschmack.

Klingt aber dem Verhalten nach schon eher wieder nach einer Fahrkarte in die Hölle, denn Spucken ist böse.

Mein persönlicher Himmel wäre eine flauschige 3-Zimmer-Wolke mit großem Flachbildfernseher, Sky-

Anschluß ("Sky" muß schon dem Namen nach im Himmel obligat sein), einem gut gefüllten Kühlschrank, einem lieben Hund und einer Gleitsichtbrille, die mich nicht stört.

Nein, Frau keine. Meine Wolke bleibt staubsaugerfrei.

War ein Spaß.

Meine Frau würde ich sofort auf meine Wolke mitnehmen, aber es gibt bei ihr ein Problem: Sie möchte länger leben als ich....und dann ohne mich den Himmel auf Erden erleben....oder so....sie hat sich noch nicht deutlich deklariert....und ich will es gar nicht so genau wissen.

Wie auch immer. Ich würde mein Leben im Jenseits gerne mal in der Hölle beginnen.

Da ist es einfach wärmer....und ich hoffe doch, dass ich im Falle des Falles später gegen Aufzahlung auf "Himmel" umbuchen kann.

Wenn nicht, schwebe ich zum Konsumentenschutz.

Paketdienste und ihre Bedeutung

Bestimmt haben Sie auch schon ihre negativen Erfahrungen mit den verschiedenen Paketdiensten gemacht.

Ich erhielt z.B. einen Anruf von einem Herren, der mir mitteilte, dass sich sein Hund im Garten mit einem Paket spiele, das meinen Namen und meine Anschrift trägt.

Die Auflösung der Geschichte: Der Paketzusteller hat mein Paket zur selben Adresse wie meine transportiert, jedoch in den falschen Ort. Nachdem ihn der Hund nicht an die Türe ließ (wo er den falschen Namen bemerkt hätte), stellte er das Paket einfach über den Zaun in den Garten, wo sich dann der Hund des falschen Empfängers über sein neues Spielzeug freute - mein Paket!

Auch einem anderen Paketunternehmen habe ich eine Abstellgenehmigung erteilt, die besagt, dass der Zusteller meine Pakete einfach vor unserer Haustüre abstellen darf. Ich wohne etwas abseits am Berg, wo nix wegkommt.

Damit möchte ich mir ersparen, falls ich bei der Zustellung nicht zuhause bin, dass ich immer extra kilometerweit zu irgendeiner Paketabholstelle fahren muss, um zu meinem Paket zu kommen.

Hat einige Male funktioniert, bei den letzten Paketen nicht mehr. Trotz extra Abstellgenehmigung musste ich mein Paket irgendwo abholen.

Der Fehler wird zwar immer wieder bedauert, aber ebenso immer wieder wiederholt.

Ein anderes Mal wartete ich zuhause auf ein dringendes Paket, aber der Zusteller kam nicht.

Ich rief im Internet die Sendungverfolgung auf und sah zu meinem Erstaunen, dass das Paket nicht zugestellt werden konnte, da ich nicht zuhause war.

Komisch. Ich wohne wie gesagt abseits am Berg in einer Sackgasse, wo man wegen der idyllischen Ruhe jedes Auto schon von weitem kommen hört, wo bei jedem Auto die Hunde sofort zu melden beginnen (meiner und jene der Nachbarn) und wo ich vom Haus aus jedes Auto kommen sehe.

Und dennoch hat es der Zusteller geschafft, unbemerkt wie Winnetou, Old Shatterhand und Chuck Norris zusammen zu meinem Haus zu kommen, ohne dass die Hunde ihn wahrnehmen, ohne dass ich oder die Nachbarn ihn sehen, obwohl ich den ganzen Vormittag im Garten mit Sicht auf unsere Gasse beschäftigt war.

Entweder hatte der Paketzusteller einen Tarnanzug an oder er war von Geburt an unsichtbar. Vielleicht eine Mutation vom Pumuckl, der auch immer unsichtbar wird, wenn er sich jemanden nähert.

Auf meine Reklamation hin glaubte man natürlich dem Fahrer und ich war das lügende Arschloch.

Dabei habe ich nun festgestellt, dass in einigen Paketdiensten deren Leistungsfähigkeit schon im Firmennamen enthalten ist.

UPS zum Beispiel. Sprechen Sie den Firmennamen nicht in Einzelbuchstaben, sondern in einem zusammenhängenden Wort aus, haben Sie auch schon das Ergebnis der Paketzustellung von UPS, nämlich "Ups...."

Oder DPD. Sprechen Sie den Firmennamen schnell öfters hintereinander aus, kommen Sie (zumindest im österreichischen Sprachgebrauch) zu einem überraschenden Ergebnis:

Es ergibt sich "Depperte".

Entschuldigung DPD. Den Gag mußte ich bringen.

DPD könnte aber auch heissen "Die Pakete dauern".

Ich hätte noch weitere Namensvorschläge für Paketdienste:

PKEM (Paket kommt erst morgen) oder

PIV (Paket ist verschwunden) oder

HDGS (Hol dein Glumpert selber)

oder für einen chinesischen Paketzustelldienst den Namen

FHANG (Fahrer hat Adresse nicht gefunden).

Lassen Sie Ihrer Fantasie freien Lauf und erfinden Sie weitere mögliche Namen für Paketzustelldienste gemäß Ihren eigenen Erfahrungen mit denselben.

Viel Spaß!

Sportverbot!

Ich liebe Sport in allen Varianten. Aktiv und passiv.

Welt-und Europameisterschaften oder Olympische Spiele gehören daher zu meinen Pflichtprogrammen im Fernsehen.

Wie auch die vergangenen Winterspiele.

Dass es auch gefährliche Sportarten gibt, wie zum Beispiel Skirennen, Skispringen oder Big Air-Bewerbe bei den Snowboardern ist obligat und normal.

Dass dabei mal eine Athletin oder ein Athlet Pech hat, stürzt und sich verletzt ist ebenso logisch.

Nicht für bestimmte Menschen (WOVUHs), die nach einer schweren Verletzung eines Snowboarders allen Ernstes verlangt haben, dass sportliche Bewerbe, wo sich Athleten schwer verletzen können, verboten werden sollten!

Ich dachte zuerst an eine Satire, aber nein, das war eine ernstgemeinte Forderung, die in vielen Postings unterstützt wurde.

Ich habe diese Forderung mal gedanklich durchgespielt und bin auf folgende, völlig ungefährlichen Bewerbe für die nächsten Olympischen Spiele gekommen:

Taschentuchextremwinken.

Habe am Bahnhof schon Leute gesehen, die diese neue Sportart intensiv ausüben.

Handydauerblödschauen.

Da kenne ich jetzt schon einige zukünftige Weltmeister.

Hamburger-und Pommesweitwurf.

Würde ich allen Fastfoodkunden im Interesse ihrer eigenen Gesundheit empfehlen.

Sie haben recht. Mit Lebensmitteln spielt man nicht Olympia. Aber ich rede von Fastfood. Das sind keine Lebensmittel. Das sind Sterbemittel.

Radiolautspielen.

Meine Nachbarn trainieren diese Disziplin schon seit Jahren.

Autowashing.

Eine Wassersportart, die vor allem Autofetischisten eine große sportliche Zukunft verspricht.

Nasenbohring.

Eine Dauertrendsportart, die man bis ins hohe Alter ausüben kann.

Es ist aber noch nicht klar, ob diese Disziplin als olympische Sportart anerkannt wird, denn es besteht hier bei zu weit gehendem Bohren doch eine gewisse Verletzungsgefahr und Sport soll ja nicht blutig sein.

Liebe hirnschwache Mitbürgerinnen und Mitbürger, die diese Forderung nach Sport ohne Verletzungsrisiko in die

Welt gesetzt haben, habt ihr auch folgendes bedacht?

Die meisten und schwersten Verletzungen geschehen im Haushalt.

Haushaltsarbeit sofort verbieten??

Hausfrauen wären dafür.

Ebenso groß ist das Verletzungsrisiko beim Autofahren.

Autofahren sofort verbieten??

Arbeiten zählt generell zu den Tätigkeiten mit hohem Verletzungsrisiko.

Arbeiten sofort verbieten??

Viele Menschen haben dieses Risiko schon längst erkannt und sich selbst das Arbeiten verboten....ich glaube, das nennt man Grundsicherung oder so ähnlich.

Ich wollte mal ein paar dieser Leute kennenlernen, die Sport auf Grund seiner Verletzungsgefahr verbieten lassen möchten und habe mir auf den unsozialen Foren Fotos dieser Leute angesehen.

Die meisten hatten Tattoos und Piercings.

Das sind doch auch Verletzungen und in vielen Fällen sogar Verstümmelungen, denn wenn hübschen Mädchengesichtern metallene Spaghettifänger in die Lippen gebohrt werden, ist das doch auch eine blutige Angelegenheit, oder?

Also: Sofort Tattoos und Piercings verbieten!!

Damit könnte man diese Flachdenker am schnellsten mundtot machen.

Damit sich alle sportbegeisterten Menschen ungestört auf die nächsten Europameisterschaften, Weltmeisterschaften und Olympischen Spiele freuen können....auch wenn sich da wieder ein paar zerbröseln....

Spaß mit Inseraten

Egal, ob man Inserate in der Zeitung liest, zeitgemäß im Internet oder auf der Spickwand im Supermarkt, der Spaßfaktor kommt nie zu kurz.

Da wären als erstes mal die Rechtschreibfehler und oft sehr eigenwillige Formulierungen.

So fand ich neulich im Supermarkt folgende Anzeige:

"Karrasch zu vermieten".

Ich zermarterte mir das Gehirn: "Was ist eine Karrasch?" Alle meine lückenhaften Kenntnisse in verschiedenen Sprachen halfen mir nicht weiter, bis plötzlich der Funke sprang.

Es war wohl gemeint: "Garage zu vermieten".

Ein Hoch dem Mundart-Annoncier!

Falls Sie einen Gebrauchtwagen suchen und im Internet danach forschen, so gibt es dort ebenfalls genug Futter für Ihre Lachfalten.

"Peugeot 305 mit neuem Pickel" gab es da zu lesen.

Ich weiß, dass französische Autos gerne mit Rostbeulen überraschen, aber dass ein Verkäufer so offen zugibt, dass sein Auto einen neuen "Pickel" bekommen hat, überraschte mich doch.

Oder meinte er doch eher ein "neues Pickerl"?

(Für meine deutschen Leser: "Pickerl" sagen wir Österreicher liebevoll zur Prüfplakette)

In einem anderen Inserat stand: "Probefahrt auf Wunsch möglich!"

Das ist aber megatoll!

Erstens dass man sogar eine Probefahrt machen kann, bevor man das Auto kauft und zweitens, dass das Auto in einem so guten Zustand ist, dass eine Probefahrt sogar möglich ist.

Alle Achtung!

In einer Zeitung amüsierte mich folgendes Inserat: "Mann, 87, sucht adäquate Partnerin, um sich gegenseitig das Leben zu verschönern. Spätere Heirat nicht ausgeschlossen."

Meine volle Hochachtung vor so viel Optimismus!

Mit 87 noch von einer "späteren Heirat" zu träumen, ist einfach großartig.

Zurück zu den Gebrauchtwagen.

Folgendes Inserat ist mir aufgefallen: "Ford Mustang, Baujahr 1967, Oldtimer, Rostschäden an den vorderen Kotflügeln und Einstiegen, Motor springt nicht an, Kühler undicht, Stoßdämpfer müssten ausgetauscht werden, Lack am ganzen Fahrzeug etwas stumpf, 2 Felgen beschädigt, aber sonst in einem sehr guten Zustand."

Na super. Was bleibt denn da noch übrig, was in einem

"sehr guten Zustand" sein könnte?

Die Windschutzscheibe. Genau! Da sieht man immer noch durch, obwohl das Fahrzeug schon so alt ist.

Einfach sensationell, was einem da geboten wird.

Den größten Spaß mit Inseraten hat man aber, wenn man dem von mir erfundenen Spiel "Inseraten-Puzzle" frönt.

Ich schneide mir 20 oder 25 Inserate aus, schneide diese dann jeweils in der Mitte durch, mische die Teile und setze dann Ober-und Unterteile so wie ich sie erwische, neu zusammen.

Da ergeben sich völlig neue, amüsante Inserate, wie zum Beispiel:

"Attraktive Witwe, 72, sucht Partner für wunderschönen Lebensabend. Habe schönes Haus, Alufelgen und Sport-Auspuff. Neu lackiert. Probefahrt jederzeit möglich"."

Lustig, oder? Und weiter gehts:

"VW Golf, Baujahr 2015, flaschengrün, 74.000 km, neu verputzt, ausgebaut auf 150 m2, mit Wintergarten und großem Keller."

Das ist ein Auto!!

Noch eine Kostprobe? Bitteschön.

"Mollige Fünfzigerin möchte sich nochmals verlieben. Preis pro Kubikmeter € 85.-. Zustellung möglich."

Ich bin süchtig nach Inseraten-Puzzle. Jedesmal ergeben sich neue Varianten.

"2-Zimmer Wohnung, 55 m2, sportlich getunt, tiefer gelegt, getönte Scheiben."

Oder:

"Liebenswerte Single-Dame, natürliches Wesen, dreiarmig, je 60 Watt, ideal für rustikale Bauernstube."

Ein Inserat geht noch. Ein Highlight.

"Steyr-Traktor, Baujahr 1996, neu serviert, verkehrssicher, auch Oralverkehr, erfüllt diskret alle Wünsche, täglich von 10 bis 24 Uhr."

Inseraten-Puzzle ist einfach unschlagbar und kann ohne viel Aufwand immer und überall gespielt werden....auch auf Skihütten.

Probieren Sie es selbst aus.

Lachen ohne Ende ist garantiert.

Aber Vorsicht vor WOVUHs.

Die könnten Ihnen den Spaß verderben.

Hintern im Bauch

Eines der dramatischsten Phänomene ist die Veränderung des menschlichen Körpers im Laufe des Alterungsprozesses.

Beginnen wir bei den Männern.

Egal, wie viel Sport Männer in ihrem Leben betrieben haben und noch immer betreiben, eines ist nicht zu verhindern:

Spätestens ab dem 60. Lebensjahr beginnt bei Männern der Hintern zu schrumpfen.

Aus Knackärschen werden Dörrzwetschkerln.

Das ist unaufhaltsam wie die Verblödung der Menschheit.

Wohin ist der Knackarsch verschwunden?

Der Blick in den Spiegel gibt Antwort.

Die knackige Fülle des Männerarsches hat sich nach vorne verschoben.

Nach vorne in den Bauch, der nun die Rundung aufweist, die MANN vorher hinten "besessen" hat (im wahrsten Sinne des Wortes).

Der Mann über 60 hat nun den Hintern im Bauch....und dort wächst er gemütlich weiter und weiter.

Was kann MANN gegen den Dörrarsch tun?

Heimlich von der Frau ein bisserl Botox aus der Spritze stehlen und sich in das Popscherl injizieren?

Selbst wenn das funktionieren und die Frau nichts bemerken würde, sie würde es bemerken.

Denn wenn ihr 80jähriger Gatte plötzlich wieder mit einem sexy Knackarsch herumläuft, fällt das auf!

Zumindest der Nachbarin und die würde es rasch seiner Gattin weitererzählen.

Weshalb schrumpft aber der ältere Männerpopsch überhaupt?

Die Erklärung von weniger Testosteronproduktion des Körpers und so weiter ist mir zu einfach.

Es muss einen philosophischen Grund haben.

Vielleicht weiß das betagte Männerpopscherl, dass Frauen länger leben und wechselt daher massemässig in den Hintern der Frau, um dadurch selbst länger zu leben, denn bei Frauen schrumpft beim Altwerden hinten gar nichts, im Gegenteil.

Bei älteren Damen verschiebt sich der Hintern nicht in den Bauch, sondern bleibt, wo er ist....und wächst dort fleissig weiter.

Oder der Männerhintern hat sich still und heimlich vom Mann verdrückt und sich nachts, wenn alle schlafen, im Bauch der Frau dazugesiedelt.

Das wäre die Erklärung, weshalb die meisten älteren

Damen mit einer optischen Dauerschwangerschaft herumlaufen (müssen).

Oder der betagte Männerhintern wechselt deshalb massemässig zur Frau, weil er es im Alter bequemer haben möchte.

Bei Damen darf er in weichen Konditoreisesseln kuscheln, während er bei Männern auf harten Wirtshausbänken herumgequetscht wird.

Oder der betagte Männerhintern weiss, dass er bei Frauen mehr herumkommt und auf seine alten Tage mehr erlebt.

Bei Damen kommt das Popscherl in alle möglichen Supermärkte, Modeshops, Friseure, Nagelstudios, Kosmetiksalons, Fusspflegesalons, während er bei Männern immer im Auto sitzen bleiben muss und absolut nichts zu sehen bekommt.

Wenn der betagte Männerhintern also wirklich mit Absicht und aus Berechnung zur Frau wechselt, dann ist der Männerhintern ganz schön intelligent, obwohl er ein Arsch ist.

Dann läge die Vermutung nahe, dass die beiden Pohälften in Wahrheit Gehirnhälften sind.

Eine absolute Sensation, aufgedeckt in meinem Buch!!

Leidtragende sind dabei halt die Frauen, die nun im Alter mit Doppelhintern ausgestattet sind.

Von der Seite betrachtet, sehen ältere Damen dann aus,

als würden sie ein quer liegendes Weinfass spazie-
rentragen.

Die Natur ist halt unerbittlich und grausam.

Natürlich gibt es auch ältere Damen, die keinen Doppelhintern haben.

Die haben dann entweder keinen Mann gehabt, von dem
das Popscherl zu ihnen gewechselt haben könnte oder sie
haben geistegegenwärtig gehandelt und ihren Mann früh
genug ins Grab gebracht.

Samt Popscherl.

In jüngeren Jahren war man physisch "in Form", im Alter
ist man optisch in Form....in der Form des Älterwerdens
mit Hintern im Bauch.

Aber wie sagte schon der griechische Philosoph
Popschtagoras:

"Hintern egal, Hauptsache glücklich!"

PS.:
Als Autor bin ich auf einen kompakten Hintern angewiesen, schließlich sitze ich ja viele Stunden darauf, bis ein
neues Buch fertig ist.

Aber das Alter kennt auch bei mir keine Gnade und so ist
der Schrumpfarsch auch mein unausweichliches Schick-
sal geworden.

Ich habe daher, um weiterhin beim Schreiben meiner Bücher gut sitzen zu können, ein Inserat aufgegeben mit dem Text: **"Arsch gesucht!"**

Bisher haben sich 56 österreichische Politiker, 7 Staatschefs, 15 Konzernchefs und 153 WOVUHs gemeldet....

Zahltag!

Ich erzähle Ihnen jetzt ein ganz hinterlistiges Märchen.

Es war einmal eine ländliche Gemeinde, die ihren Bürgern einen ganz gemeinen Streich spielen wollte, über den sich alle Bürger ganz ganz viel ärgen sollten (ja, die Formulierung "ganz ganz viel" ist neuer Sprachgebrauch, an den man sich gewöhnen muss, wenn man Leute verstehen möchte).

In der Gemeindestube rauchten die Köpfe, obwohl Bürgermeister und Gemeinderäte in dieser Hinsicht bekanntlich oft Nichtraucher sind.

Aber es ging ja um einen gemeinen Streich und das motivierte ungemein.

Plötzlich war die Idee geboren! Wer es war, weiß ich nicht, ich bin ja nicht bei jedem Blödsinn dabei.

Und wie sah dieser geniale, hinterlistige Streich der Gemeinde aus?

Man gründete in der Gemeinde einfach still und leise eine neue Ortschaft und stellte von heute auf morgen in tiefdunkler Nacht auf der Durchfahrtsstrasse, auf der seit Jahrzehnten eine Geschwindigkeit von 80 km/h erlaubt war, Ortstafeln auf.

Damit war automatisch nur mehr eine Geschwindigkeit von 50 km/h erlaubt!

Um die Hinterlistigkeit zu erhöhen, erfuhren die Bürger

der Gemeinde nichts vom neuen Ortsgebiet und schon gar von der Nacht-und Nebelaktion der Ortstafelauf- stellung.

So geschah es, dass die braven Bürger am nächsten Mor- gen wie gewohnt mit 80 km/h Richtung Stadt fuhren und allesamt in die Radarfalle tappten.

Ja, in die Radarfalle, denn nur die Polizei wurde über die neue Ortschaft informiert, damit sie ja gleich in der Früh mit speichelnden Mundwinkeln abkassieren konnte.

Denn es war nicht so, dass man die Bürger vielleicht an- hielt, über die neue Ortschaft informierte und sie darauf aufmerksam machte, dass hier ab sofort nur mehr 50 km/h erlaubt sind – nein – man kassierte die völlig ver- dutzten Autofahrer von der ersten Sekunde an voll ab!

Viele bemerkten die über Nacht montierten Ortstafeln gar nicht und wer sie bemerkte, bremste zu spät, denn er war bereits vom Radar erfasst.

So wurde für die Polizei das Sprichwort "Morgenstund hat Gold im Mund" zur Wirklichkeit, denn die Durchfahrts- strasse wurde zur Goldgrube.

Man kassierte und kassierte und kassierte, die Mundwin- keln speichelten und speichelten und speichelten und die Autofahrer ärgerten sich und ärgerten sich und är- gerten sich.

Wehmütig dachte man an die gute alte Zeit, wo die Poli- zei noch Freund und Helfer war - von dem man hier ganz und gar nichts mehr bemerkte.

In der Gemeindestube hüpften vermutlich der Bürgermeister und die Gemeinderät vor Freude im Kreis und rieben sich die Hände, denn wie ich einmal wo hörte oder las, geht angeblich ein Teil der Einnahmen aus den Verkehrsstrafen an die Gemeinde.

Ob das stimmt, entzieht sich meiner Kenntnis, aber angesichts dieses Vorgehens könnte ich mir das sehr gut vorstellen.

Na, liebe Leser, habe ich Ihnen zuviel versprochen? Ist das nicht ein hinterlistiges, hundsgemeines Märchen?

Das Problem ist nur, das war gar kein Märchen, sondern pure Realität!!

Genau so geschehen vor einiger Zeit in einer Gemeinde nördlich von Graz.

Ein Autofahrer, der sich besonders ärgerte (ich), meldete dieses hinterfotzigen Vorgehen der Bezirkshauptmannschaft, erlitt aber kläglich Schiffbruch, denn auch dort ruhte die Vernunft sanft in Ewigkeit. Amen.

Seitdem steht die Polizei regelmäßig im neu erschaffenen Ortsgebiet, von den Einheimischen auch liebevoll "Polizeisolarium" genannt, denn es ist wirklich ein angenehm sonniges Fleckchen Erde, wo die Beamten auf Beute warten.

Die Einheimischen erwischt man eh nimmer, aber viele Grazer und Besucher kennen das Ortsgebiet noch nicht.

Das rentiert sich.

Ein Stück weiter, wo die echten Raser mit 120 km/h bei erlaubten 80 um die Kurve zwitschern, ist auch weiterhin keine Polizei zu sehen.

Zu gefährlich für die Polizei und keine Sonne.

Apropos Verkehrssicherheit.

Das österreichische "Kuratorium für Verkehrssicherheit" hat befürwortet, dass Autofahrer in 30iger-Zonen bereits ab einem einzigen km/h zu viel, also bereits ab 31 km/h bestraft werden sollen.

Liebes Kuratorium, wann bin ich sicherer unterwegs?

Wenn ich während des Fahrens ausschliesslich nur auf den Tacho starre, damit ich ja auch nur nicht einen einzigen km/h zu viel fahre oder wenn ich durch die Windschutzscheibe schaue, mich auf den Verkehr konzentriere, dabei aber 35km/h fahre?

Jeder mit Hausverstand kennt die richtige Antwort.

Nicht so das "Kuratorium für Verkehrssicherheit", dass ich ab sofort in "Kuratorium für Verkehrsunsicherheit" umbenenne.

Für mich ist es offensichtlich, dass es bei all diesen Aktionen in Wahrheit nicht um die vielzitierte "Verkehrssicherheit" geht, sondern ums reine Abzocken.

Autofahrer in neu geschaffenen Ortsgebieten oder mit nur einem km/h mehr in 30er-Zonen abzukassieren und nebenbei noch sein Gesicht zu bräunen ist natürlich angenehmer, als zum Beispiel auf Autobahnen die immer mehr werdenden Mittelspurspazierenfahrer herauszufischen, die wirklich eine extreme Gefahr darstellen.

Der Polizei steht es frei, meinen Verdacht auszuräumen.

Ich würde es auf der Autobahn dank fehlender Mittelspurblockierer sofort bemerken.

Das wäre ein echter Beitrag zur Verkehrssicherheit.

Volksbefragung

Direkte Demokratie ist, wenn man das Volk direkt zu aktuellenThemen befragt und die Politik sich danach ausrichtet.

Doch ist der Mann und die Frau von der Strasse (und da sind nicht die Obdachlosen und Obdachlosinnen gemeint) wirklich fähig, Themen richtig einzuschätzen?

Ich machte die Probe aufs Exempel und bin auf die Strasse gegangen.

Mein erster Interviewpartner nannte sich Muhammed Sixpack, stammte aus der Ukraine und verdiente sein Geld als Profiboxer.

"Herr Muhammed Sixpack, sind Sie dafür, dass Frauen mehr Rechte erhalten?"

"Ja natirlich. Frauen missen jeden Tag mehr Rechte erhalten. Und mehr Linke auch. Damit sie endlich das tun, was ich mechte und nicht frech sind zu Muhammed."

"Ich glaube, Sie haben meine Frage falsch verstanden."

"Du wirst auch gleich kriegen mehr Rechte und Linke, du Arsch du."

Ich brach das Interview ab und entschloss mich, ein anderes Thema zu befragen.

Mein zweiter Interviewpartner war Herr Herbert Leidinger, Pensionist.

"Herr Leidinger, wie ist ihre Meinung zur Forderung, dass Kreuze aus den Klassenzimmern verschwinden sollen?"

"Völlig falscher Ansatz. Was nützt es mir, wenn die Kreuze aus den Klassenzimmern entfernt werden. Deswegen hab ich ja trotzdem den ganzen Tag Kreuzweh! Das Kreuzweh müssens abschaffen, net die Kreuze!"

"Danke Herr Leidinger, Sie haben der direkten Demokratie einen sehr wertvollen Tipp gegeben."

Neuerlicher Themenwechsel. Ich sprach Frau Isolde Quappler an und bat sie um ihre Meinung zur brisanten Ausländersituation.

"Wir brauchen keine Ausländer auf der Welt, die Ausländer gehören alle weg von der Welt. Das ist unser Globus!"

Okay, der Mond wird in Kürze dicht besiedelt sein.

Und das nächste Thema für die direkte Demokratie, gestellt an Frau Adele Wichtiggscheit.

"Sind Sie mit unseren Politikern zufrieden?"

"Na, sicher net. San jo ois Dodeln. Die ganzen Menschen san Dodeln. I wünschert mir, das olle Dodeln aussterben, oba wos tu i dann ganz alleine auf dieser Welt? Zumindest a Zahnarzt sollert überleben."

"Danke Frau Wichtiggscheit, wir reden später weiter, weil ich überleb auch. Ich bin auch kein Dodel!!"

Themenwechsel. Weg von politischen Themen, hin zu

allgemeinen Fragen.

Ein Thema, das immer alle bewegt (haha) ist Sex.

Ich bat Herrn Karl Mognimmer vor das Mikrofon.
"Herr Mognimmer, wird Sex in unserer Gesellschaft
überbewertet?"

"Jo sicher. Alle reden von Sex. Wer braucht schon Sex?
Einen regelmäßigen Stuhlgang braucht man, das ist viel
wichtiger. Wenn man net sch....... kann, ist es mit der
Liebe auch bald vorbei. Ich weiß das."

"Indiskrete Frage: Haben Sie noch Sex?"

"Ganz diskret: Nein! Ich bin 70. Junge Haserl krieg ich
nicht mehr, die stellen mir keine Einverständniserklärung
aus und die alten Runzerln mog i net mehr, auch wenn
sie mir noch so vehement mit der Einverständniserklärung zuwinken."

Alles klar, Herr Mognimmer.

Ein Thema interessiert mich noch brennend und mein
nächster Interviewpartner, Herr Alois Allesvoll, war be-
reit auf folgende Frage zu antworten.

"Herr Allesvoll, die Sammelleidenschaft nimmt bei den
Menschen immer mehr zu. Sind Sie auch Sammler?"

"Natürlich. Ich sammle Kilos, hehehe, na, Spaß beiseite,
man kann doch heutzutage nichts mehr wegwerfen. Was
ist, wenn schlechte Zeiten kommen und der Hornbach
zusperren muß? Dann kriegt man ja nichts mehr. Also

sammle ich alles."

"Was alles?"

"Alles, was ich kriegen kann."

"Haben Sie da keine Probleme?"

"Ja, manchesmal mit der Polizei. Die möchte nicht, dass ich alles sammle, sondern nur das behalte, was ich auch bezahle."

"Ach so, Sie stehlen also?"

"Ich sammle!"

Und was sagt Ihre Frau dazu, wenn zuhause alles mit Sammelgut vollgeräumt ist?"

"Meine Frau hat gemeint, ich muss mich auch wieder einmal von etwas trennen."

"Und haben Sie es getan?"

"Ja, ich habe mich von meiner Frau getrennt!"

"Danke Herr Allesvoll, sehr aufschlussreich Ihre Ausführungen."

"Bitte gerne. Brauchen Sie ihr Mikrofon noch?"

"Nein, können Sie sammeln."

Ich hatte genug von Volksbefragungen. Ich bleibe lieber zuhause und schreibe an meinen Büchern weiter.

Vielleicht gibt es ja auch jemanden, der meine Bücher sammelt.

Zeitgemäße Weihnachtsfeier

Das ständige Gekreische der WOVUHs (siehe eine der vorangegangenen Geschichten) wegen angeblicher Diskriminierung, wegen Rassismus, Respektlosigkeit, Sexismus, Ausgrenzung und was denen noch so einfällt, zeigt natürlich Auswirkungen.

Und dazu kommt noch MeToo.

All das wirkt sich natürlich einschneidend auf das tägliche Leben von uns allen aus.

Auch auf zukünftige Weihnachtsfeiern, die wie folgt ablaufen werden:

Eröffnung der Weihnachtsfeier durch den Chef, der aber kein Wort sagt, damit ihm von WOVUHs nichts falsch ausgelegt werden kann....was immer passiert, wenn irgendjemand auch nur irgendetwas sagt.

Der Chef geht auf Nummer sicher, was ihm aber von den WOVUHs ganz sicher als Respektlosigkeit angekreidet wird, weil ihm seine Mitarbeiter offensichtlich kein Wort wert sind.

Einem WOVUH kommt man nicht aus!

Nach eingehender Befragung der naturgemäß bei solchen Anlässen sehr sexy gekleidet erschienenen Mitarbeiterinnen, ob die männlichen Mitarbeiter ihre Nixsehbrillen abnehmen dürfen, die wegen eventueller Blickbelästigungen an Dekollete und Beinen der Damen zwingend getragen werden mussten, nehmen die männlichen Firmenangehörigen diese ab und starren mit steifem Hals auf die Decke.

Zumindest so lange, bis der Alkohol die erstarrten Nackenmuskeln wieder löst.

Das Weihnachtsmahl wird serviert.

Es wurde ganz im Sinne des neuen Denkens aus zu 100% veganen Zutaten zusammengestellt, damit niemand auf die Idee kommt, die Geschäftsleitung wolle rücksichtslos der Gesundheit der Belegschaft des Unternehmens schaden.

Nur in der Ecke meldet sich ein Grüner zu Wort und gibt zu bedenken, dass auch Kartoffel Schmerzen spüren und dass man darauf bei der nächsten Weihnachtsfeier Rücksicht nehmen könne.

Das Festmahl der nächsten Weihnachtsfeier wird dann vermutlich aus Wasser und Brot bestehen, ausser es gibt inzwischen neue Erkenntnisse aus der Wissenschaft, dass auch Wasser gequält wird, wenn es geschluckt, also quasi durch die Speiseröhre gequetscht wird.

Das müsste dann natürlich berücksichtigt werden.

Nach dem Essen macht sich eine Tanzmusikband auf der Bühne breit und es wird zum Tanz aufgerufen.

Für jedes Tanzpaar gibt es einen professionellen Fotografen, der jeden einzelnen Tanz vollständig in Bild und Ton auf Video aufnimmt.

Dies ist im Interesse der männlichen Belegschaftsmitglieder notwendig, damit keine der Tanzpartnerinnen nach 30 Jahren auf die Idee kommt, zu behaupten, dass sie seinerzeit beim Tanzen von Ihrem Arbeitskollegen begrapscht bzw. verbal oder sonstwie sexuell belästigt worden sei.

Den Videobeweis gibt es jetzt nicht nur im Fußball, sondern auch bei Weihnachtsfeiern.

Die Videos werden dann im Firmenarchiv bis zum Tode des betreffenden Mitarbeiters gesichert, denn es macht für kein Unternehmen ein gutes Image, wenn einer ihrer Mitarbeiter auf Grund einer MeToo-Anzeige unmittelbar vor der Pension in Handschellen abgeführt und in den Knast gesteckt wird.

Natürlich dienen die Videos auch zur Absicherung der weiblichen Mitarbeiter, denn der Vorwurf der sexuellen Belästigung lässt sich auch umkehren.

Was aber selten geschieht, denn ein Mann freut sich, wenn er von einer Kollegin sexuell belästigt wird und würde dies großzügig (wie Männer von Natur aus einmal sind) tolerieren.

Außer er braucht das Geld aus der Entschädigung.

Sollte es bei der Weihnachtsfeier im beiderseitigen Einvernehmen zu mehr als nur zum gemeinsamen Tanzen mit Videobeweis kommen, sollte es also so richtig mit erotischer Erregung funken und der Entschluß reifen, dass man den festlichen Abend mit einer spontanen fruchtbaren Zusammenarbeit krönen möchte, so ist bei der zeitgemäßen Weihnachtsfeier auch dafür vorgesorgt.

Im Foyer liegen Formblätter auf, wo die intimbereiten MitarbeiterInnen schriftlich ihr Einverständnis zur sexuellen Zusammenarbeit dokumentieren können.

Dies natürlich auch zum Zwecke der Absicherung, um vor späteren Anschuldigungen und unbezahlbar teuren Gerichtsprozessen sicher zu sein.

Das Ausfüllen dieser Formblätter ist enorm wichtig, denn bei der vorjährigen Weihnachtsfeier musste Herr Hartmuth S. leider fristlos entlassen werden, weil er vor dem Onanieren am Klosett kein Formblatt ausgefüllt hatte, mit dem er in den Sex mit sich selbst einwilligt.

Fataler Fehler.

Die Formblätter werden in Folge von den Mitarbeitern und Mitarbeiterinnen im Tresor der Bank ihres Vertrauens aufbewahrt und können dann im Alter zwecks Angeberei vor den Enkelkindern wieder entnommen werden.

Sollte sich aus der Weihnachtsfeieraffäre etwas Ernsteres entwickeln, so ist selbst das bei der Weihnachtsfeier der Zukunft kein Problem.

Der moderne Betrieb hat für bereits verheiratete MitarbeiterInnen keine Kosten gescheut und eine Trennungsagentur gebucht, die sich gleich im Nebenraum etabliert hat.

Dort kann man den Trennungswunsch von seinem Ehepartner bekanntgeben.

Die erledigen alles schnell & perfekt und man bekommt an Ort und Stelle die Scheidungsurkunde ausgestellt.

Man braucht dann von der Weihnachtsfeier gar nicht mehr nach Hause zu fahren, sondern kann gleich zu seiner Arbeitskollegin oder seinem Arbeitskollegen ziehen.

Visitenkarten einer Übersiedelungsspedition liegen ebenfalls im Foyer auf.

Das ist modernes und sicheres Betriebsweihnachtsfeiern!

Frohes Fest!

Grüß Gott Boykott!

Die USA plant Strafzölle für europäische Stahl- und Auto-Importe.

Die EU reagierte darauf sofort und plante nun ihrerseits als "Rache" Strafzölle auf US-Produkte, was sich bestens für eine satirische Betrachtung eignet.

Die geplanten Gegenmaßnahmen im Detail. Diese sind nicht frei erfunden, weil lustig, sondern sind tatsächlich von der EU geplante Gegenmaßnahmen, aber trotzdem lustig.

Strafzoll auf Erdnussbutter.

Wow. Damit würde man Amerika mitten ins Herz treffen!

EU-Strafzoll für Erdnussbutter. Eine echte Existenzbedrohung für die USA!

Sofort würde Präsident Trump Krisensitzungen und Sonderkommissionen einberufen, um diesen wirtschaftlichen Supergau für die USA abzuwenden und Präsident Trump würde reumütig im Kreis laufen und schreien: "Das habe ich nicht gewollt, das habe ich nicht gewollt!"

Natürlich würde dieses Szenario nicht stattfinden.

Vermutlich würden die Mitarbeiter und Berater den geplanten europäischen Strafzoll für Erdnussbutter Präsident Trump nicht einmal mitteilen, weil die Gefahr zu groß wäre, dass Trump vor lauter Lachen die Alf-Gedenkperücke vom Schädel rutscht.

Das wäre in etwa so, als wenn die USA der EU drohen würde, eine Atombombe auf Europa abzuwerfen und die EU droht im Gegenzug, die Golfsocken von Präsident Trump anzupinkeln.

Aber die Strafzoll-Sanktionen der EU gegen die USA gehen in der Planung ja noch weiter.

Strafzoll gegen Schnupftabak aus den USA.

Da würde Präsident Trump erst verschnupft sein. Das wäre wirklich starker Tobak seitens der EU.

Ich wußte ehrlich gesagt gar nicht, dass wir überhaupt Schnupftabak aus den USA beziehen.

Weiters: Strafzoll gegen Orangensaft.

Orangensaft aus den USA werden sich viele fragen?

Wir haben doch unseren Orangensaft von Lidl, Spar und Billa.

Wer nachdenkt wird zu dem Entschluss kommen: Okay, wir haben in Europa vielleicht doch zu wenig Orangen-plantagen und sind auf die USA angewiesen.

Norwegen, Schweden, Finnland. Estland. Lettland, Litauen....nirgends Orangenplantagen!

Österreich. Keine einzige Orangenplantage.

Dafür haben wir jede Menge Apfelsaft und damit könnten wir die USA fertig machen.

Wir kaufen keinen US-Orangensaft mehr und die USA sind erledigt!

EU-Strafzoll auf Bourbon-Whisky.

Kein Scherz. Tatsächliche geplante Maßnahme der EU bei eventuellen US-Strafzöllen auf Stahl- und Auto-Importe.

Damit würde man wahrscheinlich die Mitarbeiter der EU mehr treffen als die USA.

EU-Strafzoll auf Harley Davidson-Motorräder.

Auch kein Scherz. Tatsächlich angedachte Gegenmaßnahme der EU!

Weiß die EU-Regierung eigentlich, was sie damit den EU-Bürgern antun würde?

Strafzölle für Whisky und Harley Davidson?

Immer werden die Artikel des täglichen Bedarfs teurer!!

Wie soll man da noch leben?

Aber die EU denkt weiter und überlegt heute schon Strafzölle gegen Staaten, die möglicherweise einmal irgendetwas Schlechtes gegen die EU unternehmen.

Diese Strafzölle hat man dann schon vorbereitet in der Schreibtischlade liegen und bei Bedarf parat.

Der satirische Geheimdienst hat einige der möglichen Strafzoll-Sanktionen ausspionieren können.

Betreffend Türkei: Strafzoll auf türkischen Honig!

Daran würde sich die Türkei genauso die Zähne ausbeißen wie die EU-Bürger am türkischen Honig.

Betreffend Schweiz: Strafzoll auf Emmentaler!

Straffrei dürfen nur mehr die Löcher importiert werden.

Und das ist gut so, sonst würde es bei jedem Grenzübertritt aus der Schweiz zu Diskussionen mit der Zollbehörde kommen.

"Mein Rucksack ist leer!"

"Nein, ist er nicht. Ich sehe genau, Sie schmuggeln Emmentaler-Löcher!"

Und: Die Behörde hat bekanntlich immer recht.

Betreffend China: Strafzoll auf chinesisches Feuerwerk!

Den meisten EU-Bürgern wird es auch ganz ohne Feuerwerk schon zu bunt.

Betreffend Afrika: Strafzoll auf Migranten!

Vielleicht eine Lösung, den Migrantenstrom aus Afrika einzudämmen.

Betreffend Australien: Strafzoll auf Känguruhs?

Die EU importiert keine Känguruhs!

Na warten Sie's ab, wenn die Harley Davidsons teurer

werden, muss man sich als Europäer nach anderen elitären Fortbewegungsmitteln umschauen. Dann greift diese Maßnahme!

Die EU denkt halt voraus, auch wenn es keiner merkt.

Betreffend Brasilien: Strafzoll auf Karneval!

Muß Europa halt weiterhin seine eigenen, pseudolustigen Faschingssitzungen veranstalten.

Diese Strafe trifft am härtesten!

Aber die Europäer selbst.

HELAU!!

Hochprozentiges

Vor meiner Pensionierung war ich in meinem Hauptberuf Werbetexter.

Werbetexter haben die Aufgabe, Produkte ins beste Licht zu schreiben, indem man so kreativ als möglich ans Werk geht und für die einzelnen Produkte unwiderstehliche Headlines, Texte, Spots und andere Promotions findet, die im Kundengehirn den zwingenden Wunsch auslösen: „Das muss ich haben! Ohne dieses Produkt kann ich nicht leben!"

Je mehr Kunden sich vom Text verführen lassen, umso besser der Werbetexter.

Ja, ein Werbetexter darf ungestraft lügen. Muss er auch.

Oder würden Sie eine Gesichtscreme kaufen, die ehrlich beworben und daher mit folgenden Worten angepriesen wird:

DIE GESICHTSCREME MIT DEM GEWISSEN NICHTS!
Es ist nichts drinnen ausser unwirksames, billig in China zusammengepantschtes Chemiezeugs, mit dem sie dem Alter genauso runzelig ins Gesicht schauen wie ohne Creme.

Oder würden Sie ein Auto kaufen, das folgendermaßen ehrlich beworben wird:

DER NEUE SUV – TEUER WIR NOCH NIE!
JETZT MIT NOCH MEHR SOLLBRUCHSTELLEN.
Erfahren Sie das Gefühl, noch mehr Pannenhelfer und noch mehr Werkstätten kennen zu lernen und für den

neuen SUV mehr zu bezahlen, als Sie der Bank zurück-
zahlen können!

Das wären ehrliche Werbetexte....aber unverkäufliche
Produkte.

Dass der ganze Ramsch dennoch an die Frau und den
Mann kommt, dafür gibt es Werbetexter....und Marke-
tingmanager.....und noch andere Berufsbilder.

Ich bin aber inzwischen von meinen berufsbedingten Sün-
den, Produkte besser zu beschreiben als sie sind, von
höchster Stelle freigesprochen worden, denn mein erster
Weg nach meiner Pensionierung führte in den Beichtstuhl.

So verbrachte ich die ersten drei Monate meines Ruhe-
standes im Beichtstuhl (schneller ging es nicht, immerhin
übte ich den Beruf des Werbetexters 4 Jahrzehnte lang
aus) und war dann nach 540 Vaterunser und ein paar
Opferstockeuros von meinen vergangenen Werbetexten
rehabilitiert.

Wenn Sie also Werbetexte lesen, gebe ich Ihnen einen
guten Tipp: Glauben Sie nicht einmal das Gegenteil und
von dem nur 50%.

Es war gut, dass ich vor 6 Jahren pensioniert wurde,
denn mittlerweile ist der Beruf des Werbetexters akut
vom Aussterben bedroht!

Schuld daran ist Hochprozentiges.

Nicht, dass sich die Werbetexter versoffen hätten (einzelne nicht ausgeschlossen), sondern gemeint sind die

hohen Prozente!

Die hohen Prozente, mit denen jedes Geschäft seine Waren verschleudert!

Die neuen Werbetexte lauten:

Minus 20%! Minus 30%! Minus 50%! Bis minus 70%.

Nimm 3, zahl 2!

(Ladendiebe nehmen 4 und zahlen nichts):

Minus 50% auf jedes 3. Teil!

Und so weiter. Und so weiter. Und so weiter.

Für diese hochprozentige Werbung benötigt man keine Werbetexter mehr.

Das schaffen sogar 15-jährige Schulabbrecher, die die Pisa-Studie für eine Studentin aus Italien halten.

Werbetexter müssen sich also einen neuen Beruf suchen.

Angesichts der Routine als professionelle Schönfärber würde sich Politiker anbieten. Oder Statistiker. Oder Gebrauchtwagenverkäufer.

Oder....was haben Sie für einen Beruf?

Was für ein Tag!

Bei Durchsicht meines Internets (ja, ich bin diese Formulierung von früher her gewohnt, wo es noch das gute, alte Archiv gab), bin ich auf eine Liste von internationalen Gedenk-und Aktionstagen gestoßen.

Bereits bei den ersten offiziellen Gedenk-und Aktionstagen wurde mir eines bewusst: Wie armselig und einfallslos sind doch wir Satiriker und Kabarettisten gegenüber der Realität!

Nichts und rein gar nichts ist so skurill wie das tägliche Geschehen rund um uns. Kackeriki!

Die absoluten Festtage-Highlights zeige ich Ihnen hier auf:

1. Februar: „Ändere dein Passwort-Tag"
Als Ergänzung würde ich für den 2. Februar einen „Ich habe mein neues Passwort vergessen Tag" vorschlagen.

5. Februar: „Hast du gepupst-Tag"
Diesen Ehrentag feiere ich täglich vielmals, auch wenn meine Frau schon lange auf Abschaffung drängt.

11. Februar: „Internationaler Falschparker-Tag"
An diesem Tag sind wohl verstärkt Polizeistreifen unterwegs, aber ich bin schlau, dieser Tag ist der einzige Tag, wo ich richtig parke.

19. Februar: „Tag der Minzschokolade"
Ein genialer Marketing-Schachzug von „After Eight" oder

der Versuch, vom Konsum anderer Schokoladensorten an allen anderen Tagen abzulenken.

23. Februar: „Tag der Schwertschlucker" und „Tag der Tiefkühlkost"
Bevor man das Schwert schluckt, noch rasch damit das Fleisch und Gemüse für die Tiefkühltruhe klein hacken.

28. Februar: „Weltkrokettentag"
Ich wußte nicht, dass diese kleine, schmackhafte Beilage aus Kartoffelteig auch schon eine Lobby hinter sich hat.... vermutlich Lobbyisten aus der EU-Kantine.

Immer irgendwann im März: „Earth Our"
In dieser Stunde soll das Licht für eine Stunde abge-schaltet werden, um an das Energiesparen zu denken. Würde man 3 Monate vorher ans Energiesparen denken und auf den alljährlichen Haus-und Garten-Lichterwett-bewerb zu Weihnachten verzichten, würde man für das Weltklima viel mehr tun. Aber: Auch der Schwachsinn braucht seine Feierstunde.

15. März: „Tag der Rückengesundheit"
Das ist auch meist der einzige Tag im Jahr, an dem Men-schen mit Rückenproblemen im Fitnessstudio anzutreffen sind. Das restliche Jahr feiert man täglich bequem zu-hause den"Tag der Kreuzschmerzen".

20. März: „Weltglückstag"
An diesem Tag quellen die Spielcasinos über. Am 21. März wird dann der „Weltpleitetag" gefeiert – außer von den Spielcasinos, denn die haben sich saniert.

30. März: „Mache einen Spaziergang im Park - Tag"
Na, hoffentlich regnet es nicht gerade an diesem Tag,

dann müsste man den Spaziergang wieder um ein Jahr verschieben.

23. April:„Welttag des Buches und des Urheberrechts"
Ich werde meine Bekannten daran erinnern (siehe meine Story „Das Urheberrecht und die Bekannten" in diesem Buch).

30. April: „Welttag der Frisuren"
Wäre ich ein WOVUH, würde ich an diesem Tag wegen Diskriminierung, Ausgrenzung und Respektlosigkeit vor Gericht ziehen. So geht man mit Glatzköpfen nicht um!!

23. Mai: „Weltschildkrötentag"
Vor diesem Tag fürchte ich mich heute schon, denn da komme ich auf der Strasse wieder überhaupt nicht weiter und die Mittelspuren der Autobahnen sind wieder voller „Schildkröten".

2. Juni: „Internationaler Hurentag"
Der einzige Tag, der von den Männern ernst genommen und gefeiert wird. Ich muss mich von diesem Tag offiziell auf das Schärfste distanzieren, denn meine Frau liest dieses Buch auch.

11. Juni: „Tag des Gartens"
Ja, so ist es leider, viel öfter kann ich mich um meinen Garten nicht kümmern, ich muss ja satirische Bücher schreiben.

17. Juni:"Tag des Cholesterins"
Da wird ordentlich gefeiert – mit Schweinsbraten, Schnitzerl, Schlagobers und allem, was dazugehört!

18. Juni: „Tag der Ausbildung"
Wie schnelllebig die Zeit doch geworden ist, ich hatte
seinerzeit noch 4 Jahre Lehrzeit.

24.Juni: „Tag der Schulfreunde"
Ich kannte einen 88-jährigen Mann, der sagte zu mir: "Ich
bin der einzige Überlebende meiner Schulklasse, überall,
wo ich mich hinsetze, ist es automatisch ein Klassentref-
fen!" Dem ist nichts hinzuzufügen.

30. Juni: „Internationaler Inkontinenztag"
Ja, der wird ordentlich begossen....

13. August: „Internationaler Linkshändertag"
Sind eigentlich alle Grünen LINKS-Händer?

25. August: „Welt-Tofu-Tag"
26. August: „Tag des Toilettenpapiers"
Ob diese beiden Gedenktage nur rein zufällig hintereinander stattfinden?

5. September: „Deutscher Kopfschmerz-Tag"
Auch „Tag des Aspirins", „Tag der Sexverweigerung" oder
„Hochzeitstag" genannt.

19. September: „Sprich wie ein Pirat-Tag"
Na, du Sprotte, willst du meine Neunschwänzige kosten?

2. Freitag im Oktober: „Tag der Eier"
Ob hier Hühner oder echte Männer gehuldigt werden,
weiß ich nicht. Bitte selber googeln.

2. Oktober: „Tag der Gewaltlosigkeit"
Und wenn Sie diesen Tag nicht feiern, dann hau ich Ihnen
eine rein, dass es nur so rauscht. Verstanden?

29. Oktober: „Welt-Internet-Tag"

Ein ganz besonderer Feiertag für Google und Facebook, der mit Millionen von weitergegebenen Daten begangen wird.

Letzter Freitag im Oktober: „Kauf nix Tag"

In Ungarn ist dieser Aktionstag nicht bekannt, daher fährt meine Verwandschaft an diesem Tag immer Richtung Osten.

8.November: „Tag der Putzfrau"

Na endlich! Zeit dass sie kommt.

11. November:"Gegenteil-Tag"

An diesem Tag sollen Sie das Gegenteil von dem denken, was Sie denken. Okay, an diesem Tag mag ich meine dicke und häßliche Frau halt einmal nicht.

19. November: „Welttoiletten-Tag"

Karel Gott hat diesem Tag sogar ein Lied gewidmet: „Einmal um die ganze Welt und sch........wie es uns gefällt!"

21. November: „Tag der Zahnärzte"

Okay, ich habe verstanden, ich bezahle meine Rechnung gleich nächste Woche....

2. Dezember:"Int. Tag für die Abschaffung der Sklaverei"

An diesem Tag haben Scheidungsgerichte Hochbetrieb und Anwälte feiern an diesem Tag den „Goldenen Nasen-Tag".

21. Dezember: „Welt-Orgasmus-Tag"

Einmal im Jahr? Okay, ich glaube, das kriege ich hin.

Den besten aller Gedenktage habe ich mir für den Schluß aufgehoben:

16. Jänner: „Welt-Nichts-Tag"
An diesem wundervollen Tag bekommt niemand auf der Welt einfallslose Gratulationskarten, deren Texte bereits den 1. Weltkrieg überlebt haben, aber schon damals nicht originell waren und keiner wird mit durch die Zähne gequetschten Glückwünschen für ein langes Leben angelogen.

Daher habe ich diesen Tag umbenannt:

16. Jänner: Tag des Paradieses!

Ich hätte noch Vorschläge für weitere Aktions-und Gedenktage.

Wie wärs z.B. mit einem

„Heute ist mir Whatsapp wurscht-Tag"

oder einem

„Heute können mich alle-Tag"

oder einem

„Emoji nein danke-Tag".

Dafür ließe sich bestimmt ein ganz tolles Emoji kreieren.

Weitere Vorschläge erbeten.

Mein ganz persönlicher Gedenktag ist allerdings der

„Euro-Erinnerungs-Tag".

Dieser Erinnerungstag wird mir an jedem 20. im Monat aufgedrängt, wenn meine Pension wieder einmal bereits aufgebraucht ist.

Mensch, Lärm und Intelligenz.

Angeblich leidet jeder 2. Österreicher unter Lärm.

Die Top 3: Lärm am Arbeitsplatz. Lärm durch Strassen-
verkehr. Lärm durch Nachbarn.

Man möchte nun als halbwegs intelligenter Mensch meinen, dass die davon betroffenen Menschen in ihrer Freizeit Ruhe und Erholung suchen.

Denken Sie vielleicht. Dachte ich.

No!

Was macht der Mensch nach der Lärmbelästigung am
Arbeitsplatz?

Er setzt sich in sein Auto und dreht sein Autoradio samt
Bass auf volle Lautstärke auf!

Warum?

Mögliche Erklärung: Er schützt sich durch die überlaute
Musik vor dem Verkehrslärm, weil er ihn dann nicht mehr
hört. Genial.

Die Rettung und die Feuerwehr hört er übrigens auch
nicht....und die Polizei will er eh nicht hören.

Oder er sagt sich frei nach Bruce Willis: „Wenn ich von
Lärm belästigt werde, dann schlage ich mit Lärm zurück,
Schweinebacke!"

So. Nun ist der lärmgeplagte und lärmgeschädigte Mensch endlich zuhause angekommen.

Was macht er?

Sucht er zuhause Ruhe und Erholung?

Nein, auch nicht.

Zuhause werden Radio oder Fernseher oder Videospiel ebenfalls volle Pulle aufgedreht – zur Entspannung!

Selbst Spaziergänge oder Einkäufe werden neuerdings mit Stöpsel im Ohr mit voller Musiklautstärke „genossen".

Oder er geht ins Fitnessstudio, wo wieder mit lauter Musik gepusht wird – vom Studiolautsprecher oder vom eigenen Medium mit Stöpsel im Ohr oder von beidem zusammen.

Sport, wie Laufen, Radfahren und ähnliches wird auch nur mehr mit Stöpsel im Ohr durchgeführt....damit wenigstens die Musik schnell ist.

Zur weiteren Entspannung geht es dann in die Disco oder zu einer anderen Veranstaltung – wieder mit „Berieselung" in voller Lautstärke.

Ich wohnte früher mal neben einer Kirche, die einen kleinen Innenhof mit ein paar m² Fläche besaß, wo man sich ohne jedes Hilfsmittel gut miteinander unterhalten konnte.

Doch was tat der Pfarrer, wenn er in seinem kleinen

Innenhof eine Veranstaltung abhielt?

Es wurde eine Lausprecheranlage mit 4 Riesenboxen aufgestellt, wo einem jedes Wort ins Ohr fuhr wie ein brennender Dolch.

Ich war nie dabei. Brauchte ich auch nicht. Ich hörte in meiner Wohnung bei geschlossenen Fenstern jedes Wort.

Nachbarn schaffen diesen Lärmpegel auch. Sehr viele jedenfalls.

Da wird beim Autoputzen, Grillen und Chillen wiederum irgendeine Musikquelle voll aufgedreht.

Muss ich eigentlich ORF-Gebühren bezahlen, wenn ich beim Nachbarn gezwungenermaßen mithöre??

Sind meine Nachbarn schwerhörig? Oder möchten sie einfach nur Aufmerksamkeit?

Dann könnten sie auch ganz ohne Musik zu mir kommen und ich würde sie streicheln wie meinen Hund. Versprochen!

Bemerkenswert ist auch die Art der Musik, welche von Nachbarn gespielt wird.

Junge Leute spielen Techno und Rap. Leider.

Nachbarn mittleren Alters, also schon ein bisserl Überwuzzelte, spielen ebenfalls Techno und Rap.

Der Grund: Man findet die Musik zwar Scheiße, möchte aber zeigen, wie jung man geblieben ist.

Wenn man es schon an den halbnackten Körpern in den Badebekleidungen nicht sehen kann.

In vielen Fällen wäre da schon eher Trauermusik angebracht. Oder die Speckpolka.

Es gibt aber auch Nachbarn, die in voller Musiklautstärke zu ihren Abartigkeiten stehen und mit Kernbuam, Oberkrainern und Co die ganze Gegend beschallen.

Oder mit Andrea Berg und Semino Rossi das Ohrenschmalz der ganzen Strasse erweichen.

Hauptsache, es ist keine Ruhe und es werden alle Nachbarn musikalisch zwangsbeglückt....auch jene wenigen, die Intelligenz beweisen und sich in ihrem Garten in Stille erholen möchten.

Und wenn den lieben Nachbarn ihre musikalische Umgebungszwangsbeglückung noch zu wenig ist und diese noch mehr Aufmerksamkeit brauchen, dann spielt Geld eine noch kleinere Rolle wie die Rücksichtnahme.

Dann werden PS-starke Autos, Motorräder, Cabrios und andere Therapiegeräte für die Midelifecrisis angeschafft und beim „Brumm Brumm Brumm" erleben diese Nachbarn dann jenen Orgasmus, der ihnen im heimischen Schlafgemach versagt bleibt.

Das wohlklingende „Brumm Brumm Brumm" befriedigt den auf kleinstem Kleinkindniveau steckengebliebenen Charakter immer.

„Mit dem GTI bin ich wer, da bin gar so elitär,
jo gibts denn das, der schaut ja wer gar nicht her."

So ein Pech aber auch, wo das Gerät so teuer war.

Wo also finden Ruhesuchende heutzutage noch Stille?

In einem kleinen Gebirgsdorf am Rande eines großen Berges mitten am Land?

No!

Wer sich darauf freut, kann gleich zuhause bleiben, denn heutzutage gibt es keine ruhigen Gebirgsdörfer mehr!

In jedem Kaff findet jedes Wochenende mindestens eine Lärmveranstaltung statt – eine Ibiza-Party, ein Lederhosentreffen oder eine Wahl zur Miss Silikon.

Das bringt Touristen ins Dorf....und diese saufen die örtlichen Gastwirte aus ihren roten Zahlen.

Lärmpegel erreicht. Mission erfüllt.

Es werden also weiterhin immer mehr Menschen durch Lärm belästigt werden und durch Lärm gesundheitliche Schäden erleiden.

Vor allem durch Lärm, den sie selbst erzeugen.

Aber wie sagt schon ein jahrhundertealtes Sprichwort:
„Je dümmer, umso lauter!"

Damit ist alles gesagt.

Das Internet und die Werbung

Angeblich soll es den sogenannten „Datenschutz" geben, den ebenso angeblich alle ernst nehmen.

Dreimal kurz gelacht!

Wieso erhalte ich trotz Datenschutz immer per email exakt jene Werbung, die zu den Bedürfnissen von Menschen in meinem Alter passt?

Wobei die Computer der Firmen so schlau sind, dass sie die Angebote faktisch mit dem Alter mitwachsen lassen bzw. immer dementsprechend abstimmen und variieren.

Vor 20 Jahren (ich war Mitte 40) erhielt ich email-Werbung mit Angeboten für Sportartikel, Kondome, Fernreisen, Familienautos, berufliche Weiterbildungen, Mode, Schuhe und Angebote von willigen Damen aller Art.

Vor 10 Jahren (als 50+) wechselten die email-Angebote auf Golfsport, Aktien, Segeltörns, Bungalows in Ferienorten als Wertanlage, teure Uhren, Sportautos und Single-Damen aus Thailand, Polen, Russland, der Ukraine und anderen Ländern.

Heute als 60++ erhalte ich Angebote für Stützstrümpfe, Kreuzfahrten, Windelhosen, orthopädische Schuhe, Schönheitsoperationen, Thermenaufenthalte, für betreutes Wohnen (das habe ich schon, ich bin verheiratet), Viagra, Behindertenlifte, Bestattungen auf See oder im Wald und Angebote von Witwen, die noch einmal Schmetterlinge im Bauch spüren möchten.

Liebe lustige Witwen! In unserem Alter spürt man keine Schmetterlinge mehr im Bauch!

Wenn man in unseren Bäuchen etwas spürt, dann sind das höchstens Blähungen vom Schweinsbraten mit Knödel oder ein sich ankündigender Durchfall vom grünen Smoothie, mit dessen Konsumation wir Senioren denken, wir könnten ewig leben.

Apropos grüner Smoothie. Auch ein email-Angebot für Senioren.

Einfach einen Teelöffel vom grünen Pulver in ein Glas Wasser rühren und schon fühlt man sich – laut Werbeversprechen - um Jahre jünger.

Als wenn es in meinem Alter einen großen Unterschied machen würde, ob man sich wie 66 oder 60 fühlt.

In unserem Alter ist nur eines wichtig: Dass man überhaupt noch etwas fühlt!

Man ist schon für ein bisschen Mundgeruch vom Sitznachbarn dankbar, denn damit ist der Beweis erbracht: Ich lebe noch, sonst würde es mich nicht davor ekeln und der aus dem Mund riechende Sitznachbar lebt auch noch, sonst könnte er nicht so penetrant aus dem Mund riechen.

Andererseits: So wie der riecht, könnte er auch schon vor 3 Wochen gestorben sein.

Ich werde das klären und halte sie auf dem Laufenden.

Entschuldigung, ich bin ein wenig vom Thema abgeschweift.

Was mich interessieren würde: Wieso wissen alle Computer dieser Welt immer genau, wie alt ich bin und wollen mir einreden, was ich angeblich gerade benötige?

Und die Internet-Observation von uns allen geht ja noch weiter.

Suchen Sie mal auf Google irgendeinen bestimmten Artikel, z.B. ein gemütliches Bettchen für Ihren Hund.

Schon wenige Stunden später werden Sie ungefragt mit einem Rudel an Angeboten (diese Formulierung passt zum Thema Hund) für Hundebetten von allen möglichen Firmen förmlich überschwemmt.

Ohne, dass Sie etwas dazu getan haben und ohne dass Sie vorher wer gefragt hätte.

Das Internet weiß alles. Von Ihnen, über Sie und über alle Ihre Bedürfnisse.

Sie können sich nur noch darüber ärgern.

Aber ich habe eine Methode gefunden, wie ich im Gegenzug das Internet ärgern kann!!

Das Internet weiß, daß ich 66 Jahre alt bin (deswegen senden sie mir ja auch - siehe oben - altersangepaßte Angebote).

Und jetzt kommt der Moment, wo ich die Internetspione an ihre Grenzen bringe:

Ich bestelle als 66-jähriger Eishockeyschläger, erkundige mich bei Google über Technoraves, mache mich über Modefrisuren schlau, rufe Seiten von Piercingstudios auf und bewerbe mich via Internet für eine Lehrstelle.

In Gedanken sehe ich schon die Server und Rechner wegen der nicht zusammenpassenden Fakten rauchen und hoffe, dass das eine oder andere Gerät mit einem lauten Knall in tausend Stücke zerspringt.

Damit ich endlich Ruhe vor unerwünschter email-Werbung habe!

Wie meinen Sie?

Ich kann meinen PC so einstellen, dass ich keine unerwünschte email-Werbung mehr bekommen kann?

Möglich. Aber erstens weiß ich als 60++ nicht, wie das geht und zweitens: Worüber soll ich mich dann ärgern?

Worüber haben wir Senioren uns eigentlich geärgert, als es noch keinen PC und kein Internet gab?

Vermutlich darüber, dass es noch kein Dings gibt, wo man alles von zuhause aus erledigen kann, ohne viel herumzufahren.

Wäre doch schön, wenn es etwas geben würde, mit dem man z.B. gemütlich von zuhause aus mit ein paar Handgriffen alles einkaufen könnte, was das Herz begehrt... und das immer genau dem Alter angepasst, damit man nicht lange suchen muss.

Das wäre doch herrlich, oder?

Gschichtelverzeichnis:

DANKESCHÖN!

Mein spezieller Dank richtet sich
einmal mehr an

Richard Klingenbrunner
von RK-Design, Lieboch,

der in gewohnter, professioneller
Weise das Cover für dieses Buch
gestaltet hat.

Ohne ihn müsste ich meine Buchtitel
selbst gestalten, daher bin ich glücklich,
dass ich meiner Leserschaft dieses
traumatische Erlebnis ersparen kann.

Noch mehr satirische Geschichten!!

SOKO 60++
Der satirische Seniorenreport, der alle(s) aufklärt und nichts ernst nimmt.

Wie es zu Wunderheilungen im Supermarkt kommt. Weshalb eine Pizza der bessere Sex ist. Wie man ohne Sparbuch gut durch's Familienleben kommt. Weshalb Lederhosen und Lippenstift bei 60++ unentbehrlich sind. Was im Möbelhaus mit den Frühstücksbröseln geschieht. Was einem bei einem Candlelightdinner erspart bleibt. Weshalb sich Hund und Herrl doch nicht ähnlich schauen. Das alles und noch mehr erfahren Sie in diesem Buch.

****

Wenn der Kopftopf pfeift
Das weltweit einzige Buch mit Pinkelpause!

In diesem Buch werden Beipackzettel von Medikamenten ebenso satirisch analysiert, wie Hundekommandos, die Award-Sucht, Kaffee-und Werbefahrten, Taxifahrten, WhatsApp, die Trendsetter, der Shopping-Tourismus, die Kapselmania, die vielgeliebte EU, Parkplatzbremser und vieles mehr.

Genannte Bücher sind online erhältlich bei:

Amazon, Thalia, Morawa, BOD und sind auch im stationären Buchhandel bestellbar.

Achtung: Nur noch ca. 3 Millionen Restexemplare!!

Alle Titel auch als ebook bei Kiendle, Tolino und Kobo.